謝上薰

玫瑰吻649

R O S E K I S S

腹黑主子的獵物

喬 軒 著

「戀上灰姑娘」系列之一～

RS205 《養成極品老公》 七夕

他是校園內的女性殺手，擄獲一堆女學生、女老師的心，
而她也深深的暗戀著他，為了成為他的戀人甚至不惜主動出擊！

「戀上灰姑娘」系列之二～

RS206 《電到桃花少東》 滕真

這個桃花少東是怎麼回事？明明外面有一打的女人等著他「疼愛」，
他偏偏就愛纏著她這個不給他好臉色看的人……

「戀上灰姑娘」系列之三～

RS207 《賺到億萬新郎》 湛亮

當他與她展開「同居」生活後，感情也迅速增溫，可直到最後她才驚覺——
他竟是擁有億萬身價的大集團少東?!

RS208 《誘妻壞少爺》 七寶

她單純無心機的個性教他心動，決定要拐來當小娘子，
既然她這麼愛吃美食，那他就投其所好，以食物「誘捕」美人！

甜蜜價每本 49元

100/10/20~100/11/16，
幸福滿點、精采萬分的龍吟Rose小小說，
在全省7-11等你喲～～

楔子

王大常被兩名彪形大漢架離「鑽石谷賭場」時，兩腿就像煮熟的義大利麵條一樣癱軟，無用地拖在地上，而他堪稱堅固的兩排牙齒不受控制地打顫，發出喀喀喀的聲響。

當他被拖出賭場時，他感覺到生平最大的恐懼，他不知道自己會被帶到哪裡，也不知道自己將會遭遇到什麼樣的命運，說不定他就要死在這裡，而他的三個女兒將不會知道他的死訊……

「進去！」

王大常被推進一間偌大的房中，腳步踉蹌，差點跌了個五體投地。

房內光線昏暗，幾乎伸手不見五指。

他們是想幽禁他嗎？

「放我出去！放我——」王大常緊張地拍著門，放聲大喊。

「王先生。」

房內有人?!

王大常倒抽一口氣，緩慢地回過頭去。

待他適應微弱的光線後，依稀分辨出四條人影。

王大常立刻防備起來。

「你們是誰？為什麼把我帶來這裡？」

沒有人回答他的問題。

「王先生，請勿驚慌。」

「這、這是怎麼回事？」王大常雖然努力鎮定下來，但不穩的音調仍洩露了他的無助與慌張。

「王先生，我們老闆想見見你，因此才冒昧請您移樽就教。」

話說得那麼客氣，但這些人的行為簡直跟流氓沒什麼兩樣啊！王大常心裡這麼想，卻沒膽子說出口。

房間內有片刻的岑寂，猶如暴風雨來臨前的寧靜。

雖只短短的片刻，王大常的背心，不知為何沁出一大片冷汗。

在死亡一般的靜默中，忽然有人開了口——

「王先生，聽說你對我們的招待不甚滿意？」

聲音是從他的正前方傳來的，低沉，醇厚，不怒而威，彷彿來自幽暗的地底，地獄的最深處。

語氣中那淡淡的指責意味，使他覺得周身一陣惡寒，王大常不由打了個冷顫。

「沒有沒有……我很滿意、很滿意……」

「那麼，有什麼原因讓你不想繼續留下來？」

「我只是……想回家……我很想念我的家人……」王大常困難地解釋。

昏暗中，他彷彿看見男人微側了一下頭。

「家人？」

「對……我有三個女兒，我好像……離家太久了……我非常想念她們，不、不能不回去……」

沉默再一次籠罩整個房間。

當他們沉默不語時，這些人彷彿沒了聲息一般，只有自己的心跳聲隆隆作響。

半晌後，男人再度開口。

「看樣子，你是堅持要離開了？」

「對。」

「非常遺憾……」

坐在大桌子後方的男子手指微微一動，立刻有人往前一步。

「那麼，請容我將王先生的帳目清算一下。」一個平穩的男中音對他客氣地說。

聞言，王大常的下巴掉了下來。

「帳、帳目？」

「是的，您該不會以為，在這裡享用的一切，全都是免費的吧？這裡畢竟是賭場。」

王大常的喉嚨，痙攣般地滾動了下。

「但……但我進來時，你們的服務人員說明一切都是免費的，包括籌碼……」

「是的，不過前提是——如果你一直安於成為我們的貴賓的話。」

王大常愣了一下。

「你的意思是說……只要我一直留在這裡，就可以免費享用賭場所提供的一

切，一旦決定離開，就要付清所有款項？」

「是的，但只要您決定離開，就必須與我們結清帳目，這是我們賭場的規則。」

對方竟回答得如此理所當然！

王大常的嘴張合數次，終於因為無法接受而大聲嚷叫出來。

「怎麼會有這種事？這太奇怪、太荒謬了啊！」

老天！他到底是來到什麼鬼地方啊？這是什麼奇怪的賭場啊？

王大常好想對天哭吼，他究竟是惹上了什麼牛鬼蛇神?!

「所以，王先生，您還是決定要離開嗎？」

「我……」

這時，有個略帶惡作劇的聲音插嘴道：「或許讓他看看帳目，他會改變主意。」

一具輕薄的筆記型電腦打開，送到王大常的手上，上面詳細地列出每一筆賭金的輸贏，以及賭場內的消費。

王大常看到那筆驚人的數字後，倒抽一口涼氣，幾乎癱倒在地。

「這……這不可能！怎麼可能這麼多?!」

老天！他根本還不起他積欠下的龐大賭金！

「我們保留了所有的數位影像，每一次的彩金進出皆有記錄，如果您有疑慮，我們可以一筆一筆核對金額，直到您滿意了為止。」

「王先生，您現在決定返回鑽石谷賭場也還不遲，只要您不離開，就不需要償還那些賭債。」那個平穩的男中音，仍不放棄說服他改變主意。

王大常幾乎要點頭了，但在此刻，他想起三個女兒的臉……

「不！我必須回家，我的女兒們在等我！」

「好的，只要您將帳目結清後，就可以離開了。」

一旁的男子在鍵盤上按了幾下，螢幕的頁面登時呈現出銀行轉帳的操作介面。

「王先生，請。」

王大常用發著抖的手指鍵入自己的帳戶密碼，電腦螢幕中顯示出他的帳戶金額，但那些錢根本不夠支付他在鑽石谷賭場裡的所有花費。

看了王大常的帳戶金額，對方輕輕地咋了咋舌。

「只有這些可是不夠的喲，王先生。」

「這些已經是我全部的財產……」

「很遺憾，這些仍不足以償還你積欠的賭債。」

那聲嘆息，幾乎要令王大常當場癱軟，跪地求饒。

「我有房子！我還有一間房子！我可以將房子賣掉，但是需要給我一點時間……」

「抱歉，在賭債清償前，您不能離開這裡。」

「我會還的！我會另外想辦法，我發誓！我發誓……」王大常已經快要哭出來了。

忽然，桌子後的身影動了動，那陰影裡的男人忽然開口──

「好，我給你一個機會。」

所有人先是一陣詫異，接著安靜而迅速地退開，王大常心跳停了一拍，以為自己聽錯了。

可能嗎？這可怕的男人，會願意放他走嗎？他不敢相信自己的運氣，但仍滿懷著希望。

那男人緩緩站起，繞出書桌，走到他的面前。

王大常幾乎尖叫出來！他瞠大老眼，被男人超乎尋常的高大所震懾。

是、是他眼花了嗎？一般人的身高，不會超過兩尺，但他的高度……為什麼看起來像是可以擎起整片天空？

他站在王大常的面前，居高臨下的俯視他，那隱藏在黑暗中的半張臉孔看上去缺乏情緒，閃動著冷漠的眼神猶如見過宇宙間所有的秘密，世上再也沒有什麼能引起他的波動，一切與他毫無關係。

「你聽過『等價交換理論』嗎？」

第一章　召喚

台灣中部，一個山城裡的小鎮。

這個小鎮裡，有著最純淨的水源與最沃饒的土壤，就在這個地方，王家擁有全台灣最大的玫瑰園。

王大常起先只是擁有一小塊玫瑰園，但隨著三個女兒的出生，王大常有了最佳幫手，他的玫瑰園規模亦日漸擴大。

王家的三姊妹——王琦恩，王欣恩，王恬恩，皆擅長種植玫瑰花，她們自生於斯長於斯，從小在花田中玩耍，嗅著玫瑰花香長大。

起先王家的玫瑰園裡只種植有機玫瑰，但在女兒的要求下，亦闢出一間花房種

植食用玫瑰。

長女王琦恩，精心培育出花朵極小，但香氣最為濃郁的玫瑰，是玫瑰花茶、玫瑰冰露的首選，許多粉領族在忙碌的工作空檔，偷閒地泡上一杯芬芳馥郁的玫瑰茶，才能放鬆緊繃的身心。

次女王欣恩，以慢火熬煮玫瑰花瓣，拌入砂糖，做成一瓶瓶的玫瑰醬，成了玫瑰園中的長銷產品，台灣最知名蛋糕店，需要她的玫瑰醬，才能做出最誘人的玫瑰馬卡紅，台北最頂級的法國餐廳，需要她的玫瑰醬相佐，才能使料理增色。

至於么女王恬恩，她是家中的小小夢想家，一心想要挑戰不可能的任務——培育出藍月玫瑰，但至今仍有待努力。

「爸爸已經離家三個月了，還不打算回家嗎？」王琦恩嘆了一口氣，「上次爸爸打電話回來是什麼時候？」

王欣恩想了想，「一個星期前。」

「他有沒有說什麼時候會回來？」

「只說快了快了，問他在哪裡，他回答得很含糊，匆匆把電話給掛了。」

「真奇怪，這一點也不像爸爸……」王琦恩覺得有些不對勁。

「別發呆了，今天還有許多活兒要做呢！」王欣恩提醒她。

「說得也是……話說回來，咱們恬恩又跑哪去了？她不是說今天會待在花房裡除蚜蟲嗎？」王琦恩左右張望著。

這妮子，打從吃過午飯後就不見人影！該不會又偷跑去哪裡玩了吧？

王欣恩皺了皺眉，「大姐，我忽然有種不妙的預感……」

王家的么女王恬恩，並沒有待在花房裡。

她在花園後方的山坡上遊蕩時，聽見一種奇特的低鳴聲——就像是動物受傷的嗚咽。

恬恩忘記了自己該回花房工作，尋聲找去，奇特的是，聲音明明聽來很近，但她卻著實找了好一會兒，每當她以為自己不會找到時，那個低鳴聲又會響起，像是催促著她前進。

「好啦，不管你在哪裡，我都會把你找出來的！」

王恬恩彎身在樹叢裡尋找，連樹葉落到頭髮上都不自覺。

經過十幾分鐘的搜尋，終於她在荊棘叢中發現了那隻受傷的動物。

那是一隻一腳踏進荊棘叢的大狗。

「噢！你受傷了！」恬恩低呼。

趴在地上的大狗看見王恬恩的接近，驀地戒備起來，弓起背部，露出森然白牙，喉中發出警告般的低鳴。

王恬恩卻好似沒有接收到警告，她全心全意注視牠受傷的腳部，發出同情的嘆息。

「可憐的狗狗，一定很痛吧？」

王恬恩在牠身邊蹲下，朝牠伸出手——

大狗眼中的戾氣，在恬恩的手拍上牠的大頭時，奇異的消失。

「乖狗狗，乖狗狗，我來看看該怎麼幫你。」

她握起大狗的左前肢，小心翼翼地檢視上面的傷口。

大狗的腳掌刺入了幾根荊棘，流了一些血。

「不要緊的，不嚴重，只要把刺拔出來，再消毒一下傷口，你很快就能快樂的奔跑了！」

說著，恬恩從工作裙裡拿出工具盒，從中取出一支小鑷子。

因為種植玫瑰的關係，被花刺刺傷已經是家常便飯了，恬恩與兩位姊姊口袋裡隨時都備有這樣的小鑷子。

「放心，別緊張，這一點也不痛的！」

恬恩一面耐心的哄著大狗，一面以鑷子夾出刺入腳掌的荊棘。脾氣暴躁的大狗，聽著恬恩柔聲的誘哄，竟也乖乖就範，一動也不動地任恬恩擺布。

恬恩抓著狗掌熟練而迅速地挑掉肉中刺，確定自己挑乾淨所有的刺後，從口袋中掏出手帕，以剪刀從中剪了個開口，然後撕成兩半，綁在大狗的腳上，以避免傷口直接接觸地面。

「好啦！那些討厭的小東西已經不會再刺痛你了。」她笑著拍拍牠的大腦袋，「待會兒跟我回家，讓我替你的傷口好好消毒！」

大狗起身，對著恬恩搖起尾巴。

「哇……哇噢！」恬恩張口結舌，這時她才發現，自己拯救的狗，居然是隻「龐然巨獸」！牠比起她所知的任何一種狗都還要大得多。「你……你是吃什麼長這麼大的？」

彷彿是覺得自己被稱讚了，大狗興奮地叫了起來。

「汪汪！」

恬恩忙捂住耳朵，吐了吐舌。這個大傢伙，不僅塊頭大，連聲音都似雷鳴！

「我開始覺得帶你回家恐怕不是一個好主意，因為我不能偷偷夾帶你進屋，把

你藏在我的床底下……」

恬恩看見大狗的耳朵垂了下來，看起來有些喪氣，像是知道自己可能會被遺棄，她又立刻心生不忍，連忙改口。

「不過，話說回來，我的家人都是些好人，我相信他們都會很歡迎你的！」

「汪！」

天色向晚。

玫瑰園的作息一向簡單。日出而作，日落而息。

王家姊妹忙完了工作，回到家，熱騰騰的飯菜已在桌上。

「嘩～～一回家就有熱騰騰的飯菜，姑媽在真好！」

「快去洗手準備開飯了。」王氏姊妹的姑媽笑吟吟地將生菜沙拉放上桌，「恬恩呢？」

王琦恩抱怨著：「她一下午跑得不見人影，也沒回花房。」結果害她增加了雙倍的工作量。

「喔，說人人到，我們的恬恩回來了。」王欣恩笑著望向窗外，「天啊……我

有沒有看錯？她好像又帶回了什麼……」

姑媽推了推眼鏡，待她看清楚後震驚地倒抽一口氣。

「那隻黑色的龐然大物是什麼？是熊嗎？」

「什麼?!」所有人皆大驚失色。

「我回來了！」

當王恬恩與她剛認識的「夥伴」愉快地踏進家門，在場的女人們在同一時間全慌張地跳上椅子。

「妳們怎麼了？」恬恩詫異地看著家人們。

「恬恩，妳帶了一隻熊回家！」姑媽用發著抖的聲音道。

「不不不，妳們誤會了！牠只是一隻狗！」恬恩連忙替她的新朋友辯護。

「狗?!怎麼會有這麼大的狗？」王欣恩不可置信地嚷著。

「我猜想……牠有可能是獒犬的近親。」恬恩說出她心中的揣測。

「但牠比獒犬更大！」王琦恩指出明顯的事實。

「也更醜。」王欣恩補充道。

「汪！汪汪！」小黑立刻發出抗議的怒吼，震得大家七葷八素。

「妳們這是以貌取『狗』！」恬恩憤憤不平地說：「我們不能因為牠體型比較

大或長得比較……不尋常，就排擠牠，這樣很傷牠的自尊。」

「恬恩，妳帶這隻龐然大物回家想做什麼？」

「牠踩進荊棘叢受傷了，我帶牠回來消毒，等牠的傷口好了，就會讓牠回原本的地方去。」

「要是幾天後牠不想走呢？」

恬恩攤了攤手，快樂地笑道：「那……那就當我們家多了一個成員，也沒什麼不好啊！」

果然是這樣！

王欣恩搖搖頭，「可是恬恩，牠真的長得太可怕了，還有牠的嘴！牠張開嘴，幾乎可以把一顆西瓜吞下去！」

「噢，姊姊、姑媽，妳們不要怕牠，牠很溫馴很聽話的！」恬恩轉向身旁的巨犬，「來，小黑，打聲招呼。」

巨犬中氣十足：「汪汪！」

這一吠，猶如朗朗晴空忽聞一記霹靂，將屋裡的女人們全震得七葷八素。

「我、我的耳朵……」姑媽表情痛苦。

「耳鳴了……」王琦恩也一臉慘白。

「對不起，我忘了說，他的叫聲也很大。」恬恩滿懷歉意地說。

「王恬恩！」

姑媽哭笑不得地看著三姊妹，再看了看那隻大狗。

「不管怎麼樣，先吃飯吧！」

所有人都接受了這項提議。

恬恩坐下來吃飯，小黑則趴在她的腳邊，有如隆起的一座小丘。

「來，小黑，這給你！」

恬恩拿了塊排骨給牠，巨犬嗅了嗅，遲疑地看了看，才小心的將排骨吃下，吃完後，牠安安靜靜地趴回去，一點也沒有要求更多的意思，彷彿對桌上那些香噴噴的菜餚毫無興趣。

「真奇妙，沒遇過這麼不貪吃的狗！」姑媽稱讚著。

「是啊！記不記得我們小時候養過的來福？一到用餐時間，牠拚老命也要爬上餐桌來，有一次還把桌子都給掀了！」王欣恩說道。

這話說得大家都笑了。

正當大家愉快地享受晚餐，忽然小黑的耳朵豎起，原本放鬆的身體驀地充滿戒備。

「小黑，怎麼了？」

恬恩還沒問完，小黑已經一溜煙地奔向客廳。

「小黑？」

恬恩放下碗筷追過去，正看見大門被人推開。

「汪！」電光石火的瞬間，小黑朝進屋來的人撲過去。

「哇啊啊啊～～」進屋來的人發出慘叫，什麼都還沒看清楚，只見一片黑影襲來，自己已經被擺平在地上。

所有人都聞聲奔到客廳來，在一陣天翻地覆中，看清了被小黑踩在巨掌下的身影——

「爸爸?!」

王大常的呻吟從小黑掌下傳來。

三個女兒爭先恐後的跑過去，將小黑驅趕開，並把王大常從地板上扶起來。

「這……這是怎麼一回事?!」

一身狼狽的王大常還摸不清是怎麼一回事，只覺得一陣頭昏腦脹。

「爸！你沒事吧？」王琦恩轉向王欣恩，「欣恩，我們一起把爸扶起來。」

恬恩漲紅了臉，一邊拉住小黑一邊道歉著：「爸，對不起……小黑不是故意

的，我想牠只是想保護我們。」

「誰？」待王大常看清撞翻自己的是什麼時，驚詫地倒抽一口氣。

「哪來的熊?!」

「牠是狗！」恬恩再一次強調，「我叫牠小黑，很溫馴的！」

小黑立刻配合地咧開親切的笑容。

王大常頓覺毛骨悚然！

那張恐怖的鬼臉配上一口陰森白牙，還有那龐大的體型，不知為什麼一直令他聯想到鑽石谷賭場的老闆。

「來，大常，先喝點水！」姑媽立刻端來一杯水，給王大常壓驚。

王大常接過大姊遞來的水，大口大口地喝個精光，喝完後，他感覺自己好多了，放眼四顧，熟悉的家人，熟悉的景物，終於讓他有回家的安全感。

「我回來了！」

「歡迎回家！」三姊妹立刻上前擁住父親。

「爸爸，你怎麼瘦了這麼多？」

「你在國外待了三個月呢！這次怎麼去了那麼久？我們都好擔心！」

「我……」王大常避開孩子們的眼神望向別處。

「工作是不是不順利？沒關係，爸爸回來就好。」

姑媽笑道：「小姐們，別急著拷問妳們的爸爸，先讓他吃飯吧！」

一頓普通的晚餐，因為王大常的返家而顯得格外歡欣，三姊妹爭先恐後地為父親夾菜端湯，王大常雖然笑著，但一顆心卻無比沉重。

他該怎麼開口？

他要怎麼對自己的女兒說，過去的三個月他是怎麼放縱逸樂，在賭場裡輸掉所有的一切？

晚飯後，大家泡了一壺玫瑰花茶，一如往常地在客廳相聚閒聊，連新加入這家庭的小黑都跑去窩在恬恩的腳邊。

「對了，我帶了一些禮物回來送妳們。」

他將行李箱內的禮物取出，他送給三個女兒各一只寶石別針，送給姊姊一塊喀什米爾羊毛披巾。

「爸爸，你怎麼買了這麼昂貴的東西？」王琦恩拿著寶石別針，訝異得說不出話。

「天呀！這些要不少錢吧？」王欣恩發現，別針的鑲工極為細緻，寶石旁甚至

嵌有碎鑽！

「爸爸只是想，自從妳們的母親過世後，妳們就一直跟著我吃苦，我從來也沒買過什麼像樣的東西送給妳們，這實在讓我覺得愧疚……」

「爸爸，你怎麼會這樣想？到底發生什麼事了？」

王大常困難地嚥了嚥口水，因為，他知道接下來他要演出一場戲，說出那些人要他照本宣科的台詞。

「我……在南法旅行途中，遇到一場意外，所有的錢都被洗劫一空……我沒有錢，連護照也掉了，還因為水土不服而生了場重病，在醫院裡躺了半個多月……」

「噢，可憐的爸爸……」王恬恩馬上就紅了眼眶。

「發生這樣的事，您怎麼不告訴我們？」王琦恩低喊著。

「我只是不想要你們擔心……」

「後來呢？」

「後來……有一個好心人幫了我的大忙，他幫我付了醫療費用，讓我住在他家，也協助我重新辦妥了護照，甚至還留我住了一段時間……」

「噢！他真是個大好人！」王恬恩衷心地說。

「上帝一定會保佑他的！」王琦恩也點頭。

「應該要好好的答謝他！」王欣恩立刻提議。

「是啊！不管怎麼樣，我們一定要謝謝他幫了爸爸。」王琦恩贊成道。

「我們送一些花給他如何？」姑媽率先提出建議。

「還有我們家最自豪的玫瑰花醬。」恬恩開心地提議。

「當然，果醬是一定要的！我才剛做好了一瓶……」

看見女兒們那麼熱心地討論應該怎麼酬謝那個「恩人」，王大常又欣慰又羞慚。如果，她們知道這一切都是謊言……

這時，王恬恩轉過頭來問：「爸爸，您覺得我們該怎麼做才好呢？」

「我注意到，他的住家外，有一大片庭園，庭園裡，是最罕見的玫瑰花『Blue Moon』。」

「他有藍月玫瑰！這是真的嗎？」恬恩立即驚呼出聲。

由於構成藍玫瑰的色素成分，並不存在於自然界中，因此過去始終不曾有人成功培育出這款夢幻玫瑰，沒想到，她長久以來的願望，竟然有人早一步實現了！

「可惜，那片玫瑰園因為疏於照顧，所以幾乎荒廢了。當他知道我們家做的是玫瑰生意，他希望能夠有人幫他打理那片玫瑰園。」

「可是……法國應該有非常好的園丁吧？」王琦恩說道。

「藍月玫瑰需要長期的照顧，他不喜歡有不能信任的人住在他家。」

「但是，對他而言，我們不也是陌生人嗎？」王恬恩天真的反問。

王大常有一時的語塞。

「對，是這樣沒錯，不過……」他困難地吐出：「如果是以女主人的身分，那就不同了。」

所有人忽然陷入一片靜默。

「這話是什麼意思？」姑媽打破沉默，「你的意思是說，對方想要的報答，是希望你能提供他一名女主人？」

王大常忙搖手，「不，他並沒有說得這麼明白……」

「不然他是什麼意思？」姑媽責備地注視著弟弟，「大常，你知道你在說什麼嗎？你在要求你的女兒，用一生的幸福去報答他對你的恩情！」

「我……知道這有點誇張……」

「這不只是誇張，簡直是無理！」姑媽憤然道。

「但他救了我一命！這是無可否認的事實，這天大的恩情，我不可能不報……」

「當然是要報恩的，但我們可以選擇別的方式！就算是傾家蕩產也沒關係，就

是不能拿孩子們的幸福開玩笑！」姑媽義正辭嚴地說道：「我不知道他是何居心，如果這是他提出的要求，那這樣的人太居心叵測了！」

王大常無言。

那一晚，他快快不樂地去睡了。

但是大姊的話一次次的迴盪在耳邊，讓他輾轉難眠。什麼「傾家蕩產也沒關係」?!這種話，只有女人才說得出來！他可是連傾家蕩產，也不夠償還那些賭債啊！他此刻所擁有的一切，全都建築在流沙之上，哪怕是一朵玫瑰，也不屬於他……

七天，他只有七天可以說服女兒，否則……他不知道自己會變成怎樣。

清晨，月影西斜。

王大常坐在玫瑰園的花畦上，苦惱得無法入睡。

昨晚，他又接到那提醒他期限將至的電話，對方重申所有的條件與威脅，而他只能唯唯諾諾的重覆那些空泛的保證，掛掉電話後，他陷入更深的自責中，覺得自己既無用又脆弱。

他的內心充滿了恐懼，他怕——他好怕那些人會奪走他的一切、摧毀他的親人。

數不清有多少次，他痛悔自己竟然會走入「鑽石谷賭場」裡，給自己找來這麼一個大麻煩！如果可以重新選擇，他一定不會讓自己重蹈覆轍！可是，時間畢竟不能重來啊……

「爸？這麼晚了，您還不睡？」

王大常嚇一跳，猛地轉頭，竟是自己的小女兒恬恩。

「呃……爸爸睡不著，所以起來走一走。恬恩，這麼晚了，妳怎麼還不去睡覺？」

恬恩輕輕一笑：「爸爸又怎麼不睡呢？」

王大常一時語塞。

「爸爸，我知道，您還在為了那件事煩惱，對嗎？」恬恩在他身旁坐下，小臉倚著他的膝頭。

已經是第六天了，王恬恩知道，自從父親回來後，沒有一天睡得安穩，她每天晚上都聽見爸爸走出去的聲音。

「喔，恬恩……」他有些頹喪地說：「妳姑媽說得對，我不該……不該這麼自

私。」

恬恩微微一笑，「爸爸，談談那個藍月玫瑰的主人好嗎……他是個怎樣的人？」

「這……」

他遲疑著，不知該對她吐露多少。

王大常看著自己最小的女兒，他知道，這是他唯一的機會。

恬恩年紀最小，涉世未深，個性單純，心腸最軟，她很可能就是他的救星。

當然，他這麼做絕不是利用女兒替自己擺平債務！那男人保證過的，只要她願意嫁給他，她會是他一生珍寵的妻子，擁有一輩子享受不盡的榮華富貴……

「他是一個……很有威嚴的人。他有一間公司，有很多人在替他工作，他的話不多，但是都很有魄力，絕沒有人敢質疑他的話。」

「事業有成，又對爸爸伸出援手，像這樣一個既威嚴又善良的男人，為什麼沒有妻子？」

「我——我不知道……也許是他遇到了卻錯過，也或許是因為他一直沒有遇到，所以不輕易結婚；」他困難地解釋道：「當、當然也有可能是……他以前遇到的女子，非常愛慕虛榮，所以當他知道我來自一個最淳樸的小鎮時，他才會那麼希

望能認識妳們。」

「那他自己為什麼不來呢？」

「他……他很忙，非常忙，所以很少出遠門。」

「他很老了嗎？」

「不！他不老。」王大常急急搖頭，在說了那麼多謊言後，他很高興終於能夠說句實話：「因為他比較有威嚴，所以感覺上是老成些，但看起來一點也不老！」

「爸爸，你很希望能夠報答他對不對？」

王大常望著恬恩純真的眼神，他不願欺騙她，但——

王大常僵硬地點了下頭。

恬恩拍了拍父親的手。

「那，我們一起去見他好嗎？」

王大常驀地抓住她的手，像是不敢相信自己所聽見的。

「恬恩，妳願意？」

「對，不過，不是去當他的妻子，只是想要當面謝謝他。」恬恩微笑：「我覺得結婚是很神聖、也是很慎重的事，必須兩人相愛，願意一起攜手共度此生，這事半點也勉強不來，我相信他不會想要娶一個沒有感情基礎的妻子。」

「恬恩，妳說得對，爸爸怎麼沒想到呢……」

是啊！說不定，一切都有轉圜的餘地，等那個男人和恬恩談過之後，說不定會改變主意啊！

慢慢地，王大常的臉上湧現欣喜。

這是王大常回國後，第一次感覺到人生充滿希望。

經過了十數個小時的飛行，飛機落地後，王大常與王恬恩一走出機場便被攔下。

「王先生，歡迎您回來！」

王大常雖然認不出眼前戴墨鏡的年輕男子，但對他的聲音卻記憶深刻，因為──他就是過去七天那個一再打電話給他的傢伙！

「主人已經準備好私人飛機，要接您到莊園去。」

王大常不由大驚失色。他不過才踏入國門，那個男人就知道他來了？

直到現在，他仍不知道自己究竟惹上什麼樣的角色，倘若他曾有過一絲想要逃走的念頭，此刻早已消失無蹤。

「他……」王大常感覺自己的聲音有些發抖，但當他發現恬恩正全神貫注地聆聽時，連忙清了清喉嚨，強迫自己壓下所有的驚詫。「他知道我今天要來？」

「是，主人一直在恭候二位。」戴墨鏡的男子簡潔地回答，同時優雅展手，「我將帶你們到私人停機坪去，請隨我來。」

不多時，王大常父女便跟著那名男子乘上小型私人飛機，飛往莊園。

「哇～～好漂亮！」不知情的恬恩，被窗外的景色所吸引，發出讚嘆聲。

一路上心事重重的王大常僵笑著，其實他恐懼得胃都打結了，卻不敢在恬恩面前洩露半點聲色。

當他們終於飛抵莊園時，正是滿天彩霞的黃昏時刻。

從小飛機往下看，恬恩看見的是一幅此生所見最壯麗宏偉的景象：在巨大的花園中，一座沐浴在金色暮光中的城堡！

這是童話故事一般的景象，令恬恩極為訝異，又像孩子般興奮。

「爸爸，你怎麼沒告訴我，你過去三個月都住在城堡裡呢？」

王大常尷尬的笑一笑。他要怎麼告訴女兒，其實這也是他第一次看見這座城堡啊！

下飛機後，一名看起來像管家的女子走上前來，滿面含笑地恭敬地朝他們行

禮。

「王先生，歡迎您回來。」

王大常其實從未見過她，但礙於恬恩在場，不得不裝出熟稔的樣子。

「過去承蒙照顧……」他囁嚅著。

「王先生客氣了，這是我們該做的。兩位餓了吧？晚餐已經準備好了，主人吩咐過，晚餐就依您從前最喜歡吃的準備。」

恬恩一聽，偏過頭，對著王大常笑了。

「爸爸，藍月玫瑰的主人不但善良，也非常細心呢！」

王大常乾笑著，「是啊……」

城堡之前，是美麗的造景庭園。

為了配合巴洛克造形的城堡，這座造景花園以精準的幾何圖形布局，低矮整齊的灌木叢沿著小徑兩旁排列，錯落其間的花圃色彩繽紛，花香撲鼻。

鋪著鵝卵石的筆直小徑，有如車輪的輪輻，由四周通往中心的大理石噴泉；一座女神雕像立在水池中心，女神戴著花冠，水從她環抱在手裡的瓶口噴出，四周圍繞著許多姿態各異的小天使，他們手上都拿著玩具般的小弓箭，水從架在弓上的箭頭向中心噴射，再落回水池，在陽光照射下，製造出小小的彩虹。

繞過水池，踏進莊園後，他們得到媲美五星級飯店的禮遇，外套有人掛起，行李有人安置，一坐下就有人送來飲品或小點心，莊園裡的僕人全都訓練有素，他們的每一項需求都被照顧得十分妥適。

晚餐非常美味，那些菜餚都是王大常在鑽石谷賭場贏得彩金後最喜歡點的料理。

他們竟然連這些都知道，還有什麼是他們不知道的嗎？王大常心下又是一驚。他四處張望，始終沒見到那個令他惴惴不安的男人。

「你們的主人……不吃晚餐嗎？」

「主人交代了，他要明天才會趕回來，請兩位不需拘束，有什麼需要請儘管吩咐。」

「什麼？你說明天嗎？」

王大常高興到只差沒有仰天大笑，恬恩看見父親鬆了一口氣，彷彿很高興聽見這消息，心裡不覺有些疑惑。

王大常的胃口瞬間大開，就像是禁食許久的動物終於獲准進食，他開懷地大吃，掃光了每一樣食物，連飯後端上來的甜點，也吃得一乾二淨，最後還打了聲響亮的飽嗝。

吃過晚飯後，他們很快的被帶到客房去。

恬恩被領到右翼最大的房間，臥室一如莊園的外觀，是典型的巴洛克風格：天花板上的華麗枝型吊燈，豪華的四柱大床，精緻的酒紅色帷幔，講究的雪白絲棉被單，中古世紀的手工家具，昂貴的織花地毯……這臥房無一處不經過精心設計與修飾，牆上甚至還掛了一幅油畫。

恬恩好奇地走近一看，那是一幅以天神擄走美女為題的油畫。

在這幅畫中，男神鎖抱住美女，他望著女郎的目光憂鬱中帶著熾熱，扣在女郎腰際的指，深深地陷入了她的皮膚中，宣告著某種執拗的佔有，女郎害怕這樣的箝制而亟欲掙脫，長髮四散，神情是全然的驚慌與無助。

恬恩出神地凝視著畫中女郎的表情，起先畫中人物神情只是令人不安，隨即一股無以名狀的恐懼如海潮般襲捲了她，使她彷彿身歷其境，不由自主地打了個寒顫。

太真實了！是誰畫的？

王恬恩尋找畫者姓名，但她發現這幅畫並未落款，但作畫者筆力萬鈞，他所捕捉到那一瞬間巨大的張力是那麼傳神，令人難以呼吸。

「藍月玫瑰的主人，為什麼會在臥房掛這幅畫呢？」

她充滿好奇，卻想不出理由。

搖搖頭，她甩開這個小小的疑惑，開始從行李中取出換洗衣物。

經過長時間的飛行，她需要泡一個舒服的澡。

待她洗去一天的風塵僕僕，睡意很快地便征服她。

恬恩幾乎是頭一沾枕，就睡著了。

「她來了嗎？」

「是，她已睡下。」

一抹黑影來到房門口，他推門，門已從內部上鎖，他再一輕推，門便無聲無息地開啟。

幽暗中，他來到她的床邊。

躺在大床上的人兒，好夢方酣，他深深地、貪婪地看著她的睡顏——這令他留戀不已的寧靜睡顏。

是她，真的是她。

他鬆了一口氣。老天，這真是得來不易啊！

久別重逢，她的容顏此刻看來既陌生又熟悉，他情不自禁伸出手，想要輕撫她柔嫩如花瓣的臉蛋，卻又怕驚動她，於是極力克制住碰觸她的衝動。

經過漫長的等待，她終於……終於再度出現在他的面前。

「我一直在等著妳。」他低喃著。

俯下身，他在恬恩微張的紅唇上，輕輕印下一吻。

他眷戀的目光在她的臉上停留了許久，然後像來時一樣突兀地離開王恬恩的臥房。

第二章 初見

恬恩醒來時，已經是接近中午。

「天！我怎麼睡得這樣沉?!」

她一向習慣早起，總是天沒亮便到花田巡視玫瑰的生長狀況。

但因為時差的緣故，今天她晚起了，不過在別人家作客還睡得這麼晚，實在非常難為情啊！

她跳下床換衣服，忽然，她瞥見床邊小几上，放著一朵半開的藍色玫瑰。

「藍月玫瑰！」她驚喜地低呼。

她拿起那朵玫瑰，讚嘆花瓣上那抹晨曦一般的藍。

培育多年，恬恩始終未能培育出藍玫瑰，她好想問問藍月玫瑰的主人，他究竟是怎麼創造出這奇蹟的？

梳洗過後，她懷著愉快的心情走出客房，門外早已候著兩名女僕。

「早安！王小姐。早午餐已經備妥，王小姐要在房中用，還是在餐廳與王先生一起？」

恬恩微笑道：「我想和我爸爸一起。」

「好的，請往這邊走。」

一名女僕領著她往餐廳走去，另一名女僕則進臥房打掃。

恬恩尾隨在女僕身後，在長長的走廊上，早晨的陽光透過面向花園的十七扇拱型落地玻璃窗迤邐而入，映照在大理石地板上閃閃發光，她感覺自己跨出的每一步，都像是漫步在由陽光鋪成的地毯上，心情愉悅。

「早安，爸爸。」

恬恩走進餐廳，對著正獨自用餐的父親道早。

「早。」王大常朝女兒笑了笑，笑容有些微的僵硬。

王大常睡了一夜好覺，氣色極好，但因為擔憂著吃過飯後，極可能就要與那可怕的男人見面，所以從早晨一下床開始就顯得心事重重。

女僕安靜且迅速地送上早餐：一籃剛出爐的麵包，搭配以各式奶油、沾醬與手工果醬、煎得油亮的香腸、透明紅寶石般的伊比利火腿片、煙燻鮭魚、蘑菇起士蛋捲、多菲內烤馬鈴薯，與一大盆新鮮的水果沙拉。

「嘩～～好豐盛的早午餐！」

「王小姐若有特別的需求，請儘管告訴我們，主人交代，一定要讓兩位感到賓至如歸。」女僕恭敬地說道。

「謝謝，他真是太好心了！這樣就很棒了，我要開動了！」

恬恩吃了可頌麵包，又嘗試了抹上鵝肝醬的棍子麵包，又好胃口地吃了少許燻鮭魚片、伊比利火腿片及兩盤水果沙拉，最後還喝了杯英式早餐茶。

用過早餐後，昨日前來接機的男子走上前。

王大常一看見他，立刻臉色慘白，下意識地握緊了叉子，彷彿像個知道自己馬上就要被遣送至戰場一決生死的士兵。

「主人吩咐，帶兩位客人熟悉一下莊園環境。」

「請問，莊園的主人還沒回來嗎？」恬恩好奇道。

啊，別問、別問啊！王大常要阻止女兒已是來不及。

男子恭敬地回答：「主人公務繁忙，暫時未能前來與二位見面，但我會代為轉

達您的關切。」

為了掩飾緊張，王大常露出不太自然的笑容，「不、不用轉達也沒關係，公事要緊、公事要緊！」說完，又轉頭輕斥女兒，「恬恩！大老闆工作是很忙的，我們不該催促人家。」

「啊，對不起。」恬恩漲紅了臉。

「麻煩帶我們參觀莊園吧！」

「是，請往這邊走。我們先從厄瑞玻斯（Erebos）大廳開始參觀起。」

恬恩帶著驚奇的微笑參觀這美麗的城堡，具有文藝復興時期建築所具備的一切特色：華麗、繁複。

她注意到那些粉紅色紋路的大理石地面，白色羅馬石柱，柱頭、柱腳和護壁均為黃銅鍍金，裝飾著某種特殊符號，看起來像是經過簡化的權杖，她想起餐桌的餐巾乃至餐具，都有這一個符號。

「請問這是什麼？」恬恩指著那個由圓圈、新月弧及十字組成的符號問道。

男子看了一眼後，謹慎地回答。

「這是主人的……家徽。」他進一步解釋：「就如同法王路易十四以展開雙翼的太陽為徽飾一般，主人的身分可追溯至非常、非常古老的家族……」

「原來如此。」恬恩點點頭。

男子又帶他們參觀了城堡各處，九個廳室皆以行星命名，每間都一樣的富麗堂皇。

「這是月神廳，廳內地板為細木雕花鑲嵌，牆壁以淡紫色和白色大理石貼面作為裝飾……」

「這是金星廳，牆壁為深紅飾金銀雙色的天鵝絨，天花板為小愛神的鍍金浮雕，共有四座波希米亞水晶吊燈……」

「這是冥王星廳，主人的私室，莊園裡唯一的禁地，」男子強調地說道：「請二位切勿擅闖。」

恬恩注意到，冥王星廳的大門，甚至沒有門把。

「請放心，我們絕不會闖入。」恬恩連忙保證。

「從木星廳出去，是城堡的花園，名為日光蘭之境（Fields of Asphodel）。」

恬恩極目望去，只見一片無垠的花園在眼前展開。

一如巴洛克建築的典型特徵是對稱的波浪式曲線、橢圓形、橄欖形及複雜的幾何圖形，巴洛克風格的花園亦相同。

花園的中央以雙層噴泉為中心，花壇的配置是向四面八方開展出對稱的曲線式

設計，花朵的顏色與水池、廣場和綠地等形成了完美的搭配，使得整座花園猶如人間天堂。

「好美……」恬恩不由讚嘆。

王大常也看傻了眼。

這座莊園，證明了那個可怕的男人擁有一般人所無法比擬的權勢與財富，他幾乎可以輕易得到世界上任何想要的東西，為什麼還要與他談條件呢？

「再過去有間玻璃屋，那是做什麼的？」

男子循著恬恩所指的方向看去。

「那是藍月玫瑰的花房。」男子微笑地回答。

藍月玫瑰！驚喜點亮了恬恩的臉龐。原來藍月玫瑰就在那裡！

「我們可以過去看看嗎？」恬恩與匆匆地問著。

「當然，但是現在已經是晚上六點鐘，我建議二位何不返回城堡，稍作休息，正好可以趕上七點鐘的晚餐？」

恬恩不可置信道：「六點！已經這麼晚了嗎？」

沒想到花了一下午的時間，居然還未把莊園走完。

「王小姐若對花房有興趣，可改日再過來。」

此時男子的手機響起，他接起電話，應了聲「是，我知道了。」便掛斷，同時轉向王氏父女。

「主人已返回莊園，準備與兩位共進晚餐。」

「什麼？」王大常一臉天要塌下來的表情，但發現女兒投來訝異的視線時，立刻擠出不自然的乾笑：「大老闆公務繁忙，還這麼費心招呼我們，實在是過意不去啊！哈哈，哈哈哈……」

藍月玫瑰的主人回來了！

恬恩下意識地揪住自己的襟口。

她說不出此刻自己是什麼感覺，為什麼只是聽見藍月玫瑰的主人回到莊園，自己的心跳聲就越來越響……

恬恩與王大常坐在水星廳裡，餐桌是張可以容納四十人的長桌，桌上鋪著講究的桌巾，桌上擺設著美麗的花飾，盤邊飾有藍、金雙色的古典風格瓷器與雪白發亮的餐具，每個人面前都有三只水晶杯，而女僕正在一只杯子裡注入餐前酒。

「王先生，王小姐，今日的餐前酒是Dom Perignon——」

「謝謝！」

女僕話未說完，王大常已拿起酒杯，猛地一仰而盡。

「爸爸？」恬恩被父親灌酒的舉動嚇到，「你怎麼喝得這麼猛？小心痛風又發作！」

「我只是口渴，哈哈，這酒好喝！」王大常刻意用笑容來掩飾緊張，對著女僕道：「再給我一杯！」

恬恩聽了大驚失色，連忙搶走他的杯子。

「爸，您不能這樣喝酒——」

「那妳的這杯給我！」

王大常迅速搶走女兒面前的那杯酒，在她還來不及阻止之前咕嚕咕嚕地灌進嘴裡。

「爸！」

「主人。」

女僕恭敬的聲音，使王氏父女同時僵住。

水星廳的入口處，站著一個高大男子——那個擁有整座莊園、鑽石谷賭場，富可敵國的男子。

他就只是站在那裡而已，水星廳的溫度彷彿驟降五度。

「上帝！」當王大常再度看見那個讓自己夜夜作惡夢的男人，彷彿見到惡魔本人，不由得倒抽一口氣，發出充滿懼意的低呼，幾乎從椅子上滑下來。

但恬恩一點也沒有注意到父親反常的舉止。

她的大眼一瞬也不瞬地望著站在入口處的男子，注意力全被他吸引。

他就是……藍月玫瑰的主人？

那名男子也正凝視著他，他的臉龐欠缺表情，但一雙直視她的眼眸卻有如墨色的火炬，兩人強烈的對視，令恬恩無法轉開視線。

他是東方人或西方人？恬恩完全看不出來。他的五官有著東方人所沒有的剛稜立體，也有著西方人所沒有的異國情調，國界如謎；他穿著黑色西服，合身的剪裁強調出他的寬肩，也更襯托出鴉羽般烏黑的髮色及襯衫的雪白，年齡約介於三十到三十五歲之間。

他就是藍月玫瑰的主人？她眨眨眼睛，有些不敢置信。

不知是什麼觸動了她，他的目光竟使她有種恍若隔世的錯覺，而這令她感到困惑與迷亂。

他與她想像中的模樣完全不同——他不是那種很英俊的男人，所有的女性在注

意他的外貌前，一定會先注意到他太過高大，太過威嚴，太過無情，太過危險，也太……

總之，她在他的身上，嗅到一種屬於黑暗的、令人恐懼的氣息。

但是，她並不怕他。

在一段冗長的靜默後，他緩緩開口。

「怎能讓客人搶酒喝？」低沉的嗓音，帶著令人服從的力量，「露絲，再去取一瓶來。」

「是。」女僕銜命而去，不久便送上第二瓶Dom Perignon，連同冰桶一起放在王大常桌旁。

「這、這怎麼好意思……」

一道毫無溫度的目光射過來，王大常立刻自動消音。

男子走入水星廳，他走路的姿態有如一位君臨天下的王，恬恩忍不住猜想，倘若他的前方有海，海水也一定會為他分開。

僕人為他拉開主位的椅子，但他卻選擇在恬恩的對面落坐。

當他在自己對面坐下時，恬恩感到有些訝異，心跳猛然加快了幾拍，有些不知所措。

女僕將餐具挪到他的面前，又倒了香檳，他對僕人輕點了下頭，然後才轉向他們。

「容我先為我的遲到致歉。」

「不，請別那麼說。」恬恩誠心地說道：「從一下機起，我們受到很好的款待，我想當面向你致謝，關於我的父親在過去三個月裡受到您的幫助——」

「那沒什麼。」他淡淡地說道。

恬恩覺得有些尷尬。她好想告訴他她有多麼感謝他，他卻彷彿對那些事不感興趣。

「該怎麼稱呼妳？」

「我叫王恬恩。」

「恬恩。」他重複她的名字，那兩個音節在他口中滾過，有如咀嚼。

當他唸著她的名字時，恬恩感覺自己的臉頰似乎有些發燙。

「幾歲？」他再度突兀地問。

「二、二十二。」

他點點頭，然後拿起手邊的酒放到唇邊。

當他啜飲香檳時，一雙墨黑的眼睛仍直盯著她。

恬恩有些不自在，不自覺的低下頭。

僕人正巧在此時送上開胃菜，使她暗暗鬆一口氣，至少她可以藉著進食而轉移注意力。

開胃菜是由肉凍與海鮮及少許生菜所組成，海鮮僅是經過快速川燙，而肉凍是將牛尾與雞骨經過長時間燉煮，使膠質釋出，過濾肉沫後再冷卻而成。為了搭配清爽的開胃菜，僕人在第二只杯子中注入貴腐白酒。

恬恩品嚐著這些她不曾吃過的食物，發覺十分美味。

但坐在恬恩對面的男子，卻碰也不碰那道菜，彷彿對面前的食物不感興趣，他靠坐在椅子上，高擎著酒杯，一雙眼睛未曾離開她。

第一道菜用畢，第二道菜是生鮭魚片佐綠醬汁。

那綠醬汁由麵粉、蒜頭、奶油、白酒加入魚湯做成白醬後，再加入菠菜、野苣以文火慢煮、打碎而成，蘊藏著深奧的美味。

這道看似簡單的菜，卻令恬恩感到意外的驚喜。

「怎麼了？」他問。

「這些菜真好吃。」恬恩摸著臉頰，有些不好意思的笑笑，她抬起頭，發現父親埋頭苦吃，而對面的男子一樣不曾動刀叉。

「你怎麼不吃呢？」她忍不住好奇地問。

他這才放下杯子，開始動刀叉。

「你天天都吃得這麼講究嗎？」

他先是發出類似「唔」或「嗯」的模糊聲音，然後才回答：「差不多。」

「那我恐怕不好意思送你我自己做的東西了。」

他迅速抬起頭來。

「妳帶了東西給我？」

恬恩發現，他那波瀾不興的表情中，彷彿掠過了一種近乎「愉悅」的情緒。

那眼神中的期待，讓恬恩有些慌了手腳，她連忙解釋：「只是一點小東西，不值什麼錢……」

「是什麼？」他追問。

恬恩彎腰，從腳邊拎起一個紙袋，然後從位子上起身。

「別動。」他阻止了她，接著使了個眼色，僕人立即上前接過紙袋，送到他面前。

他打開紙袋，裡頭是一只玻璃罐。

他審視著那個罐子，裡頭是梅紅色的，有點像是果醬的東西。

「這是什麼？」

恬恩忽然有些羞赧。「啊，那是……玫瑰花醬。」

「玫瑰花醬？」他皺起眉，像是完全不曾聽說過這個名詞。

「我們家在台灣中部，有一塊有機玫瑰園，我們特地闢了一個溫室，專門培育食用玫瑰，我們三姊妹常常想著要拿這些玫瑰做些除了泡茶以外的用途，所以就試著做了玫瑰花醬……」

他忽然打開瓶蓋，取了牛油刀沾取一些放進口中。

濃郁的玫瑰花香與悅人的甜味席捲了他的味蕾。

「你……喜歡嗎？」她不安地問。

「這是妳為我做的？」

「對。」

「我喜歡。」他蓋上蓋子，交給僕人，「拿下去，叫廚房用這個做點什麼出來。」

僕人退下後，他再度轉向恬恩。

「謝謝妳送我東西。」

「這只是一點小小的心意，比起你為我爸爸做的，根本就不算什麼。」恬恩充

滿感激地說道。

一小塊鮭魚滾入喉嚨，王大常嗆咳了一下，但是當對面冷漠的眼光掃向他時，他連忙忍下。

他再度將目光轉回恬恩身上。「妳說你們有一座玫瑰園？」

「是的。」

「告訴我一些關於妳的事。」

恬恩微笑起來，告訴他關於玫瑰園、關於她的家庭還有關於她自己的事，她甚至連剛收留的那隻叫「小黑」的巨犬的事都告訴了他。

這頓晚餐，不知不覺持續了將近三個小時。

當最後一道甜品送上來，恬恩品嚐了第一口後，不由驚喜地低呼：「這是用玫瑰花醬做的慕斯！」

廚師發揮創意，在慕絲中夾入玫瑰花醬做為填料，做成一道風味絕佳，會令所有女子眉開眼笑的完美甜點。

他很賞臉的將甜點吃個精光，然後起身。

見他起身，她以為他要離席了，恬恩連忙起身，王大常也立刻站起來。

「很愉快的晚餐，再一次謝謝你的招待……」恬恩道謝著。

「妳要不要去看我的花房？」

恬恩愣了一下。

「藍月玫瑰。」他補充。

恬恩瞠大眼睛看著他。

「我聽說，妳對我的花房感興趣。」

「真的可以嗎？我聽說藍月玫瑰的培育非常困難，有非常多技術都必須保密……」

他再一次打斷她，「妳想去嗎？」

「想。」她轉向王大常，「爸爸，你也想去吧？」

那迫人的視線再度移向他，王大常的背脊差點沁出冷汗。

「我……我才剛吃飽，想要休息一會，你們去就好了。」王大常忙不迭的婉拒，他真是怕極了要跟那個男人共處，他想不通女兒怎麼完全不怕。

他滿意地轉開眼。

「那我們走吧。」他對恬恩說道。

「呃……別太晚回來！」王大常連忙鼓起勇氣補了這一句。

這句話頗有警告他「不要對我女兒輕舉妄動」的意味。

在那可怕的男人面前，這句警告簡直薄弱得可笑，但他微微一頷首，算是給了他保證。

月明星稀。

他們穿過木星廳，來到日光蘭之境，在方圓數里內沒有高樓大廈的莊園裡，月華如練。

一離開室內，外頭的冷風襲上恬恩，使她不由打了個大噴嚏。

「哈啾！」看見身旁男子被嚇一跳的模樣，她不由漲紅了臉，覺得好尷尬。

「抱歉！」

他脫下西服外套，蓋在她的肩上。

「披著。」

當他的外套圍裹住恬恩，那暖和的體溫，與清爽的男性味道，使她的臉頰更為緋紅。

「謝謝……」恬恩向他道謝，但他只是隨便點個頭而已。

僕人將車停在花園的車道上，看見他們走出來時，恭敬地打開車門。

「我們要搭車去嗎？」恬恩訝異地望向身旁男子。

「到花房要走二十分鐘。」

「有什麼關係呢？我很能走路。」恬恩微笑。

他朝僕人看了一眼，他們立刻會意地將車開走。

「走吧！」

他率先往前走。

恬恩注視著他寬闊的背脊，不知道為什麼，她覺得他穿著襯衫的樣子給她一種奇妙的違和感，她直覺這不是他最合適的穿著，那身衣服倒像是一種文明的束縛，禁錮住一種不文明的力量……

他發現她沒跟上，立刻停步回頭。

「怎麼？」

「我在想……我還不知道你的名字呢！我該怎麼稱呼你？」

對於她的問題，他沉默了好半晌，最後才謹慎地說出他的名字。

「……黑爝。」

「黑先生。」

他幾不可見地蹙了下眉。「妳可以叫我的全名。」

恬恩遲疑了一下，「……黑爝。」

他點點頭。

「黑爝，我要謝謝你為我和我父親所做的一切，謝謝你願意對一個非親非故的人伸出援手，那真是非常高貴的行為，你不知道我們全家有多麼感激你——」

「晚餐時妳已經謝過了。」

恬恩忽然意識到，他似乎是一個不善於接受別人謝意的男子。

「我知道，我只是想再說一次。」她輕柔的說道。

「再說說妳的事。」

「我的事？在晚餐時，我幾乎把我的生平都告訴你了。」她笑，「我可以聽聽你的嗎？」

「我沒什麼好說的。」

他望了她一眼，看見她有些失望的眼神。

於是他只好開口：「我的父母雙亡，有兩個兄長，大的那個喜歡衝浪，小的那個喜歡開飛機。」

恬恩微笑起來，「那你呢？」

「兩種都不喜歡。」

恬恩哈哈大笑，等她笑完後，她以為他會接著講，沒想到他居然就沒有再開口。

「講完了？」恬恩不可置信道。

天啊！這位先生，肯定沒有接受過「自我介紹」的訓練！

「我說過沒什麼好說的。」他別開臉道。

「你談了你的父母與兩位兄長，但沒有談到你。」

黑爝忍耐地看著她，「我不喜歡談自己的事。」

「為什麼？」

「因為我不知道要說什麼。」

「那……何不說說你的興趣？你不開飛機也不衝浪，但你培育藍月玫瑰，那是你的興趣嗎？」

「那不是我培育的，那是……」他忽然止住，不再往下說。

「是誰？」恬恩好奇地追問。

他忽然停步，轉向她。

恬恩發出一聲低呼，不自覺地向後退了小半步，因為──他那張缺乏表情的臉，看上去竟籠罩著深深的哀傷。

她立刻愧疚地道歉：「對不起！如果你不想回答──」

「那個人，是我曾愛過的女子。」

這時，恬恩覺得自己萬分後悔。「抱歉，我不該追問你的隱私。」

「不用抱歉，那幾乎是上個世紀以前的事了。」說完，他繼續邁步往前走。

接下來，兩人默默地走在前往花房的路上，但沒有再交談。

沉默地走了幾分鐘後，他們終於來到花房外。

他打開花房的玻璃門。

「進來吧！」

恬恩小心地走進花房，她以為自己會走進一間充滿電腦監控設備的溫室，沒想到卻是一間再普通不過的花房，而且甚至沒有上鎖。

滿月的月華，將玻璃花屋映得亮堂堂，即便沒有開燈也不妨礙。

偌大的花房中，一株茂密的灌木叢破土而生，深綠色的葉片中點綴著幾朵藍色玫瑰，其中有的半開，有的全開，有些甚至還只是小小的花苞。

「藍月玫瑰！」她讚嘆著。

月光下，藍色的玫瑰花美得如夢如幻，幾乎不像是凡間的花。

「這一切好不真實……在來到這裡以前，我不曾親眼看過藍月玫瑰，我花了好

多年的時間，經過好多次的失望，後來我才知道在自然界中，玫瑰花由於缺少天然的藍色色素，所以無法以自然的方式培育藍玫瑰，也因此，藍玫瑰的花語是『奇蹟』。」

挑戰培育出自然界中本不存在的珍奇藍玫瑰，一直被視為園藝學中的「聖杯」之一，恬恩沒想到自己有幸能親眼目睹。

黑爝聽著她說話，望著她嗅聞花香的側影，心頭在翻攪。

他已經很久不曾來到這間花房，因為最初培育藍月玫瑰的人已不在這裡；但今晚，王恬恩的身影，使他恍然間彷彿又回到過去……

「這株玫瑰不是以基因工程的方式培育出來的，藍月玫瑰的存在，完全是來自於培育它的人。」黑爝低語著。

恬恩露出微笑，「那，這株藍月玫瑰真的是奇蹟了！」

奇蹟麼？或許是吧！他是在等待一個奇蹟，一個渺茫的希望……

「啊，好可憐！花苞還沒開就枯了！」恬恩走近細看，才發現這株藍月玫瑰幾乎呈現半死的狀態，不由一陣心疼，習慣性地動手摘出一些已枯萎的葉片與花苞。

「我曾雇了園丁，但不管怎麼小心照顧都沒有用。」他望著恬恩，「自從培育出它的主人離開後，它就一天天步向死亡。」

恬恩仔細的檢查葉片，花托與土壤，「或許我可以試試看，我不知道自己能不能救活它，但這麼珍貴的花，絕不能讓它死去。」

「為什麼妳這麼執著於藍月玫瑰？」

「不知道，打從我小時候聽說過世界上不可能有藍色的玫瑰後，心底就有個聲音，催促著我親手將它培育出來，培育藍月玫瑰一直是我的夢想。」她帶著笑意，纖指輕輕地撥弄那細嫩的花瓣。

「那麼，只要妳把它救活，我就把它送給妳。」

「你要……送給我？」這世上絕無僅有的藍月玫瑰，他真要送給她？

「只要妳能把它救活。」

恬恩看著藍月玫瑰，再看看黑爝，有些不知所措。

「恬恩。」

他喚她的聲音，緊緊掐住她的心臟，幾乎令她無法呼吸。

月光下，黑爝往前一步，一雙黑亮的星眸直視著她。

「妳願不願意留下來，留在我身邊？」

第三章　孤城

壁爐裡的火漸漸熄滅了。

黑爝並不感到冷，還是命人生起了爐火，他思考的時候習慣注視火光，以及喝上一杯酒。

打開白蘭地酒瓶，黑爝為自己倒了兩指寬的酒，然後點燃燭台，以燭火溫熱杯肚，以熟練的手勢旋轉杯子，溫熱杯中的酒液，而後仰首喝下肚。

今天，他終於再度見到她，也與她說上話。

王恬恩——那是她的名字，一朵來自東方的小茉莉。

如果黑爝面對著鏡子，他會發現自己的眸子掠過一抹幾不可見的溫柔。

王大常不是個太負責任的男人，幸好他的女兒一點也不像他！她說她二十二歲，她的面孔看起來頂多十八歲，個性也如十八歲女孩一般純真，毫不世故。

他看得出來，恬恩是在一個充滿愛的家庭長大，對周遭的一切都充滿了同理心與感情，哪怕是一朵花，一隻狗……或是人人避之唯恐不及的他，在她的眼裡，世上的一切都是美好的，在她的眼眸中看不見絲毫人性的陰影，她擁有一顆不曾受過傷、沒有黑暗死角的心。

今晚，當他們第一次四目交接，他的心跳得劇烈。

他已經很久不曾有「活著」的感覺了。

生活就像是一台複印機，無止境的複製著相同的年歲，今天與昨天一樣，明天與今天也沒有太大的不同，所有的快樂與悲苦，轉眼間皆化為雲煙，時間一久，就再也想不起來為什麼快樂，又為什麼悲傷？從此對所有的事物都失去了執著。

他的生活裡沒有感動，一如沒有快樂與苦痛，像這樣近乎死亡一般的活著，無所愛亦無所恨，就如同住在一個沒有季節交替的溫室裡，他甚至分辨不出來「活著」與「死去」之間的差別，找不到存在的意義。

但是當他凝視著她，他再度感受到心臟的跳動。

他也已經絕少說話。

跟在他身邊的人，都已經服侍他許久，久到不需要語言，只需一個簡單的眼神或動作，他們就能了解他的需求。

見過他的人，大多數的人皆抱持著畏懼，那些老於世故的人面對真正的恐懼時，總能一眼就認出它來——因為他們知道自己所擁有的一切，在他的一彈指間即能灰飛煙滅，所以他們對他急於討好與奉承，深怕自己的一切被他摧毀。

但是，恬恩望著他時，卻沒有絲毫恐懼。

她的大眼裡總是閃著笑意，自得的快樂，純稚得像是不知道傷害是什麼，不知道害怕是什麼，彷彿這兩者在她過往的人生中不曾遇見過。

她是唯一一個，不用帶有恐懼的眼神望他的人。

而且，她是那麼樂於和他說話，試圖了解他。

他一直是個寂寞的人。

握有偌大的財富與權力，但卻沒有愛。

他與兩個兄長各行其是，彼此不相往來，而他身旁的人皆敬畏著他，他的心像永恆的黑夜，無盡的黑暗，不曾有過光明。

他曾有過心愛的女人，但她在遇見他後，總是溫暖含笑的眼眸漸漸地失卻了笑意，有如一朵逐漸枯萎的玫瑰……

他搖搖頭，不願再去回想。

噢，天哪！或許會有人嗤笑他的愚昧，但他是多麼渴望那一點點光亮與溫暖。

在熬過漫長的孤寂後，他像個疲憊的旅人，他渴望自己的生活能有些許不同，他想要一些溫情——不是曲意討好或奉承，而是發自內心的愛與關懷。

他需要恬恩，他要她進入他的生活。

他要離開這孤獨的王國。

「妳願不願意留下來，留在我身邊？」

恬恩一想起這句話，臉頰就止不住一陣熱紅，心跳得好劇烈。

她與黑爝才第一次見面，當他這樣問她時，她臉紅到說不出話來，彷彿他是在問她要不要嫁給他。

傻瓜！他只是需要妳幫他照顧藍月玫瑰而已！她一再提醒自己。

憑良心說，她並不是什麼令人眼睛一亮的美女，頂多只能稱得上清秀。

在求學過程中，她的戀愛經驗也差不多等於一張白紙：小學時她不知道何謂戀愛，中學和高中唸的都是只收女生的教會學校，而大學她只唸了兩年就休學，她大

一時曾暗戀過一名土木工程系的學長，等到她鼓起勇氣，決定過完暑假要向學長告白時，他已經轉到別的學校去了，從此再也不曾見面，而她生平第一次萌芽的小小愛苗，就這樣無疾而終，然後……「王恬恩的羅曼史」就這樣畫下句點。

實在是有夠貧乏的！恬恩小聲地嘆了一口氣。

原本想趁著早餐時間和父親談這件事的，沒想到父親居然喜上眉梢地說，黑爝替他們的玫瑰園介紹了一名大客戶，然後就迫不及待地借了車見客戶去了。

恬恩一個人在莊園中打發時光，她在日光蘭之境閒晃，甚至還因習慣勞動而幫忙除了花壇裡的雜草，有僕人發現她竟然在做園丁的工作，嚇得臉色慘白，拚命鞠躬請她回城堡內休息，恬恩尷尬不已，不想休息的她，只好又去了藍月玫瑰的花房看花。

晚餐時間，只有她一個人坐在水星廳。

她婉謝了女僕送來的餐前酒，只要了杯玫瑰花茶。

「王小姐，您的父親致電交代說，他還在和客戶談話，不回來吃晚餐了。」女僕送上開胃菜時轉達著。

「我知道了，謝謝。」

今晚的前菜是碳烤馬鞭草雞汁干貝附亞魯嘉魚子醬，精緻的擺盤與誘人的香

氣，說明了食物有多麼美味，但恬恩一個人坐在空蕩蕩的水星廳內吃飯，卻覺得再好吃的食物也都失色了。

她忍不住猜想著，不知道黑爝是不是也都一個人吃飯呢？

「主人。」

聽見女僕恭敬的聲音，恬恩嚇了一跳。

他回來了？

回過頭，她看見黑爝高大的身影。

當黑爝的目光與她接觸時，他眼眸中慣常的漠然泛起了一絲柔和。

「晚安。」他對她說道。

「晚安。」她開心地露出笑容。

他繞過長桌，一名僕人機靈地拉開恬恩對面的椅子，讓黑爝落坐，另一名僕人則迅速佈好餐具，在酒杯內注入酒色明亮的夏布利白酒。

當開胃菜送上桌時，黑爝拿起叉子就吃，接著第二道菜龍蝦餃佐紫蘇義大利醋汁及第三道菜烤海貝魚佐馬賽魚湯送上來時情形亦相同，直到第四道菜鴨肝醬酥捲佐紅酒燉甜梨送上來時，他才停下進食的動作。

「妳考慮過我的提議嗎？」

他突如其來的問話，讓恬恩手一滑，一片紅灩灩的紅酒燉甜梨忽然飛出去，落在雪白的桌巾上。

「對……對不起……」

天啊！笨蛋！丟臉死了！恬恩窘到滿臉通紅，急忙拿了餐巾就要去拭。

「別管那個，」黑爝忽然橫過桌子，捉住她的手，「回答我的問題。」

他的表情雖然一如以往，但恬恩感覺到由他手上傳來的熱度與某種迫切，彷彿她的答案對他很重要。

她望著他笑了：「雖然我也沒有把握，但我願意留下來照顧藍月玫瑰。」

一種豁然開朗的輕鬆感，使黑爝緊繃了一整天的壓力全煙消雲散。

「你笑了！」恬恩像發現新大陸般地喊著。

黑爝困惑地皺起眉，「我沒有。」

「真的，我看到了，你笑了！」恬恩的眼睛閃亮著。

「我沒有！」

「你應該多笑的，你笑起來很好看啊！」

「吃飯。」黑爝不自在的低頭繼續用餐。

用過晚餐，兩人離開室內來到花園，在遠離塵囂的莊園裡，天空有如鋪滿寶石

的黑絲絨，美得無法言喻。

不知道為什麼，兩人這樣並肩坐著看星，讓她有種好浪漫的感覺。

「這裡可以看到比我家更多的星星耶！」恬恩笑著仰起頭，指著滿天的繁星，「我認得那個，那是北極星，那邊則是夏季大三角！還有那個，那是天鵝座。」

他搖搖頭，「是天琴座。」

「咦？」她記錯了嗎？

「那個形狀，是阿波羅的七弦琴。」

他們來到花園東邊的涼亭，在亭內的大理石椅上坐下來。

「妳聽過天琴座的故事嗎？」

恬恩搖搖頭，充滿好奇。

「在遠古時期，阿波羅以五十頭牛的代價，向善於製造樂器的赫默斯換來一只七弦琴，後來阿波羅又轉送給他與謬思女神所生之子奧菲斯。奧菲斯與阿波羅一樣，非常善於彈琴，他的音樂能使鳥獸動容，木石同悲。為了找回死去的妻子尤莉緹絲，他彈奏起他的七弦琴，使大地裂開，得以進入冥府。」

黑爝看了恬恩一眼，她聽得好入神。

「他的音樂感動了冥河擺渡人卡倫，助他渡過冥河，他的音樂甚至能讓兇惡的

地獄犬睡著，使他成功進入冥府，見到冥王與冥后。」

「後來呢？」恬恩追問著。

「心地仁慈的冥后被奧菲斯所感動，要求冥王給他一次機會，讓尤莉緹絲與奧菲斯返回人間，冥王同意了，但唯一的條件是，在離開冥界前奧菲斯不能回頭。」

「但是他回頭了？」

「回頭了，於是尤莉緹絲的靈魂再度回到地府，奧菲斯憂傷而死，阿波羅請求宙斯將兒子的琴放到天上，這就是天琴座的由來。」

「好悲傷的故事。」恬恩聽完後，嘆了一口氣，「為了找回妻子走入冥府，這需要多大的勇氣啊！冥府一定是很可怕的地方吧？奧菲斯好勇敢。」

黑爝沒有接腔。

「他為什麼不再一次請求冥王呢？難道冥王真的那麼不通人情？」

黑爝沉默了片刻才回答：「人死不能復生，這是宇宙的定律。冥王從不給人第二次機會，而他已經用掉唯一一次的機會了。」

「黑爝。」

「什麼？」

她衝著他一笑，「這是我第一次聽你講這麼多話呢！」

忽然間，黑爝覺得自己的臉有些發熱。

「你好會說故事，還有沒有？」

黑爝望著星空，想了一想。

「有個武仙座的故事。」

「快講給我聽。」恬恩的興致重新被引燃。

「武仙座是海克力斯的化身，他為了贖罪，接受了十二件幾乎不可能完成的任務，第一件任務是殺死刀槍不入的尼米亞獅子……」

恬恩聽著黑爝用幾乎沒有抑揚頓挫的低醇嗓音，訴說著遠古時代的英雄冒險事蹟，聽著聽著，她精神乏了，眼皮重了，晚餐時喝的美酒在此時發揮後勁，使她醺然欲醉，然後，她頭一歪，靠在黑爝身上，睡著了。

當恬恩將頭靠在黑爝肩上時，他的心臟像是暫停了一秒，等他看清楚她是睡著時，不由感到有些好笑。

沒有人在他的面前因為放鬆而睡著過，王恬恩絕對是史上第一個。

黑爝沒有動，他維持著同樣的姿勢，但望著她的目光充滿溫柔。

他抬起手，以指背輕觸她的臉——如花瓣般細膩柔滑。

望著她寧靜的睡顏，他多麼希望時間可以停住，讓這小小的平靜與幸福持續到

永遠……

「老天，人呢？人呢？」

王大常談成了一筆大生意，喜不自禁，想要將這好消息告訴女兒，但是他找遍了城堡，就是不見恬恩蹤影，連她的房間也空空如也，不由急得團團轉。

「難道那個可怕的男人，趁著我出去談生意，就把恬恩給——不！這太殘酷了！簡直喪心病狂啊～～」王大常揪著沒剩多少根的頭髮，歇斯底里地喊著：「恬恩！都是爸爸不好，爸爸不該離開妳的！害妳死得這麼慘～～」

「你說誰死了？」一記冷冷的聲音傳來。

「我的女兒……」

王大常猛一轉身，看見黑爝就站在那裡，懷裡抱著呼呼大睡的王恬恩，立刻喜出望外地撲過去，「恬恩！我的女兒，我的寶貝啊～～」

黑爝皺起眉，給了王大常一記足以結冰的冷瞪，逼得他後退兩步。

「你可以安靜點嗎？」

王大常先是點點頭，但當他發現女兒的眼睛閉著，他又激動了起來。

「你……你對她做了什麼？她怎麼會昏迷不醒？」

「晚餐時她喝了些酒，現在只是睡著了。」

「真的？只是睡著嗎？」他探了探女兒的鼻息，確定她呼吸勻長才放心。

「我不會傷害她。」

不知道為什麼，王大常相信他的話。

他認為黑燏是個自尊心極強的人，這樣的人不會食言。

他看著黑燏抱著恬恩走進客房，將她安置在床上，替她脫掉鞋，蓋上被子。

王大常看傻了眼，他發誓，他在那個撲克臉魔王的眼裡，看見了一抹像是「溫柔」的東西……

不、不會吧？難道黑燏對恬恩……

當黑燏轉過身來，王大常連忙收回曖昧的表情。

轉眼間，他又變回那個不苟言笑的男人。

「出來說話。」

王大常不敢違抗，乖乖的跟在黑燏身後走出房間，來到他的書房。

「你帶了恬恩前來，依照約定，你在鑽石谷賭場欠下的賭金一筆勾銷。」

王大常張大嘴巴。

他的意思是，所有的債務……不用還了？

「真的？」他不太敢相信。

真有這麼好的事？他只是帶恬恩來見見黑爝，一起吃過兩頓飯，他甚至無意讓恬恩留下來，難道這樣就可以抵銷掉他在鑽石谷欠下的龐大賭債？

「這是債務免除聲明書。」他指了指桌上的文件。

王大常三步兩步的衝到書桌旁，打開那份文件，飛快地看過一遍，當然，他沒有漏看了黑爝的簽名；除了聲名書以外，還附上一張飛往台北的單程機票。

直到此刻，王大常才相信這是真的。

「謝謝！謝謝你告訴我這好消息！」

王大常樂壞了！謝天謝地，從現在開始無債一身輕，他總算不必再提心吊膽、夜夜失眠了啊！加上今天談成了一筆大生意，看樣子他是「塞翁失馬，焉知非福」！哇哈哈哈～～

「黑先生，我和恬恩明天立刻就啟程回台灣，絕不會再多打擾你一分一秒！」

「恬恩會留下。」

「什麼？」王大常愣了一愣，笑容僵在唇邊。

「她不會跟你回去。」黑爝注視著他道：「稍早之前，她已答應要留下來為我

照顧藍月玫瑰。」

亮麗的陽光灑進房內，輕柔地吻上恬恩的眼皮。

「嗯～～」恬恩懶懶地翻個身，慢慢地醒過來，然後，當她看到時鐘顯示的時間時，她忽然從床上彈跳起來。

「糟了！我睡得太晚，爸不喜歡一個人吃早餐——」

她跳下床，匆匆跑進浴室，當她在擠牙膏時，才猛地想起父親昨晚已經搭機返台。

恬恩看著鏡中的自己，敲敲腦袋瓜，忍不住覺得好笑。

「傻瓜！緊張兮兮的。」

於是她放慢速度，用王恬恩特有的步調悠閒的盥洗，不必急著趕到水星廳和父親一起用早餐。

想起父親，昨晚送機的場景不由再一次於腦海中重現——

父親決定為了他剛談成的那筆大生意回台灣，問她要不要和他一起回去。

「不，我答應過黑爝，要幫他照顧藍月玫瑰。」

「他威脅妳嗎？」他看起來義憤填膺。

「老天，當然沒有！爸爸你怎麼會這樣想？」她訝異的說。

「恬恩，妳涉世未深，妳不知道，有些人表裡不一——」

「黑爝不會的，我知道他是好人。」她拍拍父親的手要他放心。

就這樣，父親只得尊重她的意思讓她留下來。

但是在登機前，他看起來一臉的欲言又止，最後還是忍不住又問了一次要不要和他一起回台灣。

「我會回去的，」恬恩保證，「只要將藍月玫瑰救活，我就會回台灣啊！」

父親看起來卻一臉憂愁。

「妳會打電話給我吧？」

「會的，就像我之前保證過的，一個星期不低於三通。」

「如果妳遇到什麼不開心的事，儘管回來。」他從風衣暗袋裡，掏出一個一個厚厚的紙包，「來，拿著，預防急用。」

「爸，」恬恩一臉又好氣又好笑，把錢給推回去，「你今早塞給我的錢，都夠我買環球機票了！」

「爸爸不放心哪～～」王大常哭喪著臉，幾乎要老淚縱橫。

直到機場響起催促登機的聲音，王大常才總算停止演出十八相送的戲碼，垂頭喪氣地拖著行李入海關。

想起父親那樣失望的、佝僂著背離開，恬恩忍不住有點鼻酸。

唉，爸爸對她實在是過度保護了，所以才會這麼不放心將她一個人留在異國，但黑熾是個好人，爸爸實在不需要那麼擔心的！

換上了易於活動的牛仔褲和針織衫，恬恩準備離開房間，到水星廳吃早餐。

原以為自己會是水星廳唯一的用餐者，沒想到卻意外的遇見黑熾。

「早安！」她輕快地打招呼。

「早。」黑熾還是一樣的省話。

「這是我第一次在白天遇到你呢！」

「今天是週六。」

「原來如此。」恬恩點點頭。

意思就是週末賦閒在家，所以有時間慢慢享用一頓早點，OK，她懂他的意思。

一如往常，桌上已擺滿了剛出爐的麵包與新鮮生菜，頂級的伊比利火腿和煙燻鮭魚更是沒有缺席。

恬恩深吸一口食物的香氣，覺得每天都有人為自己精心料理美食的生活真是太

幸福了！

她取用了自己想吃的食物後，慎重地雙手合十。

「我要開動了！」

黑爝看著她那麼愉快的享受早餐，不由奇怪。

他瞬了一眼桌上的早餐內容，實在不解每天幾乎一樣的菜色，為什麼能讓她露出那麼愉快的表情？

「這個麵包太棒了！」恬恩嚐到一塊新口味的黑麥荔枝玫瑰麵包後，不由發出陶醉的讚嘆。

加入黑麥的麵包，外酥內軟，麵包組織的氣孔大而均勻，充滿嚼勁；煙燻的法國荔枝乾，濃縮了一整個夏季的陽光，神來一筆的荔枝酒香與後味的玫瑰餘韻，令人回味再三，難以忘懷。

當她發現黑爝正目不轉睛地看著她時，她先是微微地臉紅，接著夾了一塊相同的麵包放在小盤子上，遞給坐在對面的黑爝。

「這是馬可的新作哦！快吃吃看。」

他接過盤子，咬了一口。

「如何？」她傾過身問。

「不錯。」不就麵包嗎？

「你只覺得不錯？我覺得它棒呆了！誰料得到玫瑰與荔枝竟然會這麼契合呢？這真是天才之作啊！」

這麵包，有這麼稀奇？

黑爝又默默的咬下第二口、第三口……直到他吃完整塊麵包後，他覺得如果可以天天和恬恩一起吃早餐的話，他不介意每天的餐桌上都出現這款麵包。

「梅蒂，妳一定要幫我告訴馬可，他真是個天才！」她對女僕說道。

「馬可是誰？」黑爝問。

她奇怪地看著他，「他是廚房裡負責做麵包的師傅啊！」

黑爝挑了下眉。

她在這裡待了不過一週，居然連他的女僕與麵包師的名字都記起來了！

不過，這很像她的風格。

「黑爝，今天是週末，你有什麼計劃嗎？」

「沒有。」他不是那種會做計劃的人。

「今天天氣很好，你沒有打算上哪走走嗎？」

「妳呢？」他不答反問。

「我？我今天要開工啦！我打算翻翻土，幫藍月玫瑰修剪枝條，還要調製一些辣椒水。」恬恩笑咪咪地說出今天的計畫。

黑爀皺起眉，「辣椒水？」

「喔，玫瑰很嬌弱的，病蟲害很多，因為我不喜歡用農藥，所以都用辣椒水來驅蟲。」恬恩笑著解釋，「不過，辣椒水驅蟲的效果有限，還是需要常常除蟲，雖然麻煩許多，但是對生態環境比較好。」

「……我跟妳去。」

「什麼？」恬恩一怔。

「去除蟲。」

「黑爀，你知道世界上的玫瑰有幾種嗎？如果將古老的品種和最新的品種算進去，總共有兩萬多種哦！兩萬種，很多對吧？世界玫瑰協會聯盟根據植株的大小、習性和花型，將玫瑰分成二大種類：一種是蔓延和攀緣玫瑰，另一種是矮叢和灌木玫瑰，藍月玫瑰就是屬於這一種……」

恬恩與黑爀一同來到日光蘭之境最北面的玻璃花屋，一進花屋，她馬上綁起頭

髮，換上從家裡帶來的半舊長袖工作圍裙，戴上手套，拿起花剪，開始剪除有褐斑或是枯萎的花葉。

她一面工作，一面滔滔不絕的講述關於玫瑰的知識。

黑爝坐在一旁的工作枱上，聽她一個人絮絮叨叨地說個不停。

其實她講什麼，他根本沒聽進去，也沒聽懂。

什麼玫瑰的類型，玫瑰的品種，那些他根本不在乎，他坐在那裡，只想看她工作的樣子，聽她嬌糯糯彷彿軟糖一般的嗓音。

「然後啊，在經過長期的選種和育種之後，產生了幾種明顯的花形，分別是：單瓣，最多八片花瓣；半重瓣，有八到十四片花瓣；重瓣，為二十片或以上的花瓣；全重瓣，多於三十片花瓣。還有啊，玫瑰共有十四種顏色，紅色，白色，黃色……」

黑爝看著她像隻勤奮的小蜜蜂，在玫瑰花叢裡繞來繞去，時站時蹲，雙手忙個不停，一張小嘴也全沒停過。

他注意到她對待花兒的態度，手勁輕柔，充滿呵護，就好像在她面前的不是一叢玫瑰花，而是一個剛出世的小寶寶。

他模糊地憶起，在久遠之前，也有個女子這樣對待所有的花草樹木，那些植物

在她的照顧下顯得欣欣向榮，長得特別繁茂，她會對樹說話，還會告訴花它長得多麼美麗，她堅信萬物有靈，那些植物聽見了讚美，就會長得特別好……

搖搖頭，他努力甩開那個回憶。

這時恬恩修剪完了枝條，換了一把小鐮刀，開始清除樹叢旁的雜草。

黑燏卻忽然變了臉色。

「別拿那麼危險的東西。」

「危險的東西？」她看看手上的鐮刀，笑了，「喔，你說這個？」

黑燏點點頭。

「放心，除草的事我已經很熟練了，我幾乎天天做呢！」

「讓我來。」

他走過去，想要取走她手裡的鐮刀，恬恩卻笑著後退。

「不不不，這是我的工作，你去旁邊。」

黑燏有些惱怒，但拿她沒轍，只能快快地被趕到一旁。

「我剛剛說到哪裡了？啊，對了，花期。」恬恩彎著身，開始低頭除草。「有些玫瑰花一年四季幾乎開花不斷，有些只在初夏或仲夏開花，花期的長短因品種和個別植株的管理有所不同而異，也會受到氣溫和日照時數的影響……」

黑爵注視著她柔美的側臉，以及她說話時，唇邊那抹恬適的笑意。

只是待在有她的地方，長久以來蟄伏於心裡的那股躁動便不知所蹤，聽著她滔滔不絕地訴說著那些他壓根就沒興趣也不想知道的「玫瑰花經」，他竟奇異地感到平靜。

不可思議。

他承認，要求她為了藍月玫瑰留下，根本就是個藉口。

他不能讓她回國——至少，現在還不能。

他在見到她的第一眼，就知道自己要定她了，但這單純的小女人卻全無所覺；為了盡可能將她留在身邊久一點，他不在乎利用她的父親，或是她憐惜藍月玫瑰的心情。

太陽向天頂移動，氣溫也逐漸上升，待在花房裡的黑爵開始覺得有點悶熱。

忙碌的恬恩很快就出汗了，她的額頭上冒出了串串細小汗珠，她舉起手以袖子擦去，炎熱使她的臉頰上浮現兩朵紅暈，襯著嫣紅的唇瓣，更顯得顏色皎然。

在她渾然不覺時，一滴調皮的汗水從恬恩微翹的鼻尖滴落唇上，恬恩不以為意地伸出粉紅色的舌頭，將唇上的汗珠舔掉。

轟！

一縷銳利的電流，驀地刺穿了黑爝的身體。

黑爝從不知道，只是看著恬恩將唇上的汗珠舔掉，竟會使他產生如此強大的渴望。

他開始坐立不安，最後決定站起來走動，想要平息體內那股方興未艾的燥熱。

該死！他現在根本分辨不出玫瑰是藍的還是紫的，他的腦中充塞的是她肌膚的白嫩與粉紅，讓他想要——

「黑爝？」她忽然從花叢後探出頭來叫他。

「什麼？」他發現自己的聲音居然有絲惱怒。

「我剛問了你一個問題。」

黑爝茫然。有嗎？

「你覺得玫瑰都是有香味的嗎？」她再問了一次。

「……」他哪知道？

她朝他笑了一笑，蹲了下來，換了花鏟開始鬆土。

「如果你以為玫瑰全都很香，那你就錯啦！玫瑰的香氣強度差異大，我們常見的玫瑰香味比較濃郁，像是大馬士革啦，就擁有高雅迷人的香氣，常用來做成精油，但有些品種的玫瑰就不香，啊，不能說是不香，應該是說微香；還有一些玫

瑰，會散發出如茴香、沒藥、蘋果或者是其他水果的香氣哦，很神奇吧？」

他覺得再神奇也沒有王恬恩神奇——

要是她知道此刻在他腦中想像的事情，她就不會敢那樣對著他笑，她一定會尖叫著從他面前逃走。黑燏陰鬱地想道。

「啊！」恬恩忽然低呼一聲，花鏟掉到地上。

「怎麼？」他快步走過去。

「沒什麼……」她下意識把手往背後藏。

「我看看。」

黑燏執起她的手，看見她白嫩的手背上有兩個深淺不一的小傷口，顯然是被花刺給刺傷了。

「沒什麼啦，只是、只是一點刺傷，」她窘得滿臉通紅，「一點也不痛的，我習慣了，不要緊的……」

「坐著。」

黑燏黑著臉，將她安置在一旁的矮凳上，然後到花房外的抽水幫浦打了一盆乾淨的水，浸濕了手帕，然後捉來她的手，壓在手背的傷口上。

恬恩悄眼看他，發現他一雙濃眉緊緊擰著，那兇惡的模樣好嚇人，彷彿受傷的

是他而不是她。

她的心跳忽然直線上升，耳朵熱熱的，好奇怪，好像連頭都有點暈暈的。

「有沒有好點？」黑爝問。

「有……」冰涼的井水，好舒服。

恬恩抬起頭，他的目光忽然鎖住她的視線，她怔怔的望著他，像是被催眠。

黑爝的眼睛好漂亮，原來，他的眼瞳像黑色的蛋白石，那顏色如同莫內的名畫「星空」……

「恬恩。」他低喚她的名字，那聲音猶如一道環住她的暖流，帶著昭然若揭的渴望。

她情不自禁的閉上雙眼。

他低首覆上她的唇。

第四章　遠客

覆在她手上的手帕掉了，但沒有人在乎。

黑爝的唇灼熱而堅定，輕輕地刷過她的，那柔若春風的輕吻，使王恬恩幾乎要以為他的吻是出自於自己的遐想。但下一秒，他分開她柔弱的唇，她感覺到他溫熱而略帶強勢的入侵。

他的氣息……一種好聞的氣息，清爽而略帶麝香，令她深深迷醉，他是個極為高大的男人，手掌大而有力，但是當他撫上她的臉頰，那輕柔的手勁，彷彿是捧著珍愛的藍月玫瑰。

黑爝忽然抬頭，他的唇短暫離開她一下，恬恩半睜開眼，卻撞進一對燃燒的眸

子。

「黑──」

他深吸一口氣，將她拉入懷中，再一次佔領她的唇，攫取她的柔軟與芬芳。

這一次的吻，不再是輕柔的試探，而是徹底的佔有。

他粗糙的指以某種律動按撫著她的頸背，他的唇吮嚐著她的芳津，他的吻，帶著噬人的熱情與需要，她從他悸動而緊繃的身軀感覺到他深切的渴求。

這就是吻嗎？

他的吻，像是失控的狂風暴雨，將她席捲入一場激烈的感官風暴；又像是天地在頃刻間傾覆，想要緊緊抓牢什麼的絕望。

如此強烈，又如此絕望……

為什麼？為什麼他的吻，會有令她想哭的衝動？

他待她的方式，猶如對待此生唯一僅有的珍寶，非得緊緊捧著，貼身擁著，時時感受到她的存在與溫度。

這是她的初吻，恬恩從未曾與人有這麼親密的接觸，她的雙腿像煮熟的義大利麵一樣發軟，若不是黑爝的雙臂撐住她，她早就站立不住。

「黑爝……」她顫聲低喊。

當他察覺到她的青澀與害怕，他緩下來，改以溫柔的誘哄，引誘她的加入。

當她開始回吻他，她聽見他的喉嚨傳來滿意的聲音，她像隻仿舌的小鳥兒，學著以他吻她的方式回應他，

他柔情的吻像是弄蛇人的笛音，喚醒了她初初萌芽的情慾，彷彿有什麼在她體內醒來，她有些怕，那使她覺得自己好像不是原來的那個自己了……

當暈眩感逐漸退去，急促的呼吸平復，她睜開水霧迷濛的眼，看著眼前凝視自己的黑爝。

恬恩害羞地想要別開臉，但他卻不容她轉開。

「嫁給我，恬恩。」他貼在她的唇上，啞聲低語：「我要妳做我的妻子。」

她瞠大眼眸，俏顏更紅，面對黑爝突如其來的求婚，恬恩全無心理準備。

「我——」

不知打哪傳來爽朗的笑聲與掌聲，打斷了兩人忘情的凝視。

循聲望去，恬恩才發現花屋門邊，不知何時站了一個人。

當他佇立在花屋門邊，恬恩只覺眼前一亮，他整個人有如黃金打造一般，閃耀著炫目的光芒。

那是一個英俊至極的男子，金色微鬈的髮絲，小麥金的膚色，他臉上的笑意，

燦爛得有如熱力四射的太陽，只要被他那雙帶笑的眸子看上一眼，只怕所有的女子芳心都要淪陷；即使是世上最高傲的女子，他的輕輕一笑，亦足以令她們害羞得低下頭。

若不是親眼看見，恬恩無法想像會有如此俊美的男人，但奇怪的是，當她看著他，只覺得賞心悅目，卻沒有半點心動的感覺。

「喲，看樣子我到的正是時候，好精采的告白。」

男子的調侃，使面皮薄的恬恩低呼一聲，害羞地從黑爓懷中逃開。

由黑爓倏然緊繃的面容看來，這男子的打擾讓他有股想殺人的衝動。

「千萬別讓我打斷你們，請繼續。」他無比親切地建議。

「是你？」黑爓的眼眸射出怒意，「誰准你踏入我的領地？」

相較於黑爓的惱怒，來者的態度一派輕鬆。

「真是失禮呀！怎麼可以這樣對待遠道而來的客人？」

「不請自來的客人。」黑爓譏諷。

對於黑爓這麼敵對、擺明不歡迎的態度，金髮男子像是一點也不受影響。

「嘖，真是的！大家都這麼熟了，還要你請才來呀？我看那套繁文縟節就省了吧！」

恬恩好詫異的看著他們倆一來一往。

像是察覺到她好奇的注視，男子微側過頭，對她微微一笑，然後朝她走去。

「忘了自我介紹，我叫阿——」

「保羅，那是他的名字。」黑爝狠狠給他警告的一瞥。

黃金般的男子聳聳肩。

「你好，保羅，我叫王恬恩。」基於禮貌，她主動向他伸手。

「啊，恬恩，恬恩，恬恩，」他吟唱般的唸著，「果真人如其名，真可愛！」

他執起恬恩的手，正要在她指背上落下一吻，但最後只吻到自己的手掌，定睛一看，原來恬恩的手已經被黑爝搶回去。

「佔有慾真強。」他搖頭失笑。

「你到底來這裡幹什麼？」黑爝已經快要失去耐性。

「別這麼不友善嘛！我只是聽到一些有趣的風聞，所以特地來這裡看看。」只是沒想到人一來，就目睹這麼精采的告白，呵呵。

「什麼風聞？」恬恩好奇地問。

他注視著她，微微一笑，「就是向來人人避之唯恐不及的咆哮山莊裡，飛來了一隻純潔的小白鴿啊！」

恬恩無措地眨著眼。

這人……是在說笑，還是另有所指？

黑爝給他極盡陰冷的一瞥，然後轉向恬恩。

「恬恩，日頭烈了，妳的手也需要上藥，我們回去。」

「嗯。」

黑爝將手伸給恬恩，恬恩將手覆在他掌心，兩人一起往城堡的方向走去。

不請自來的金童保羅，深怕被撇下，連忙跟在他們倆身後。

「喂～～別這樣，等我一下……」

這頓午餐，氣氛詭異得嚇人。

身為主人的黑爝，自顧自的用餐，而身為客人的保羅，卻是喧賓奪主，甚至神色自若的指揮僕人，鉅細靡遺的告訴僕人他想要怎麼享用他的飯後甜點。

「我喜歡的巧克力熔岩，必須是外層有布朗尼的柔軟與濕潤，一切開來，內部的香濃巧克力得像火山熔岩般流瀉出來，請注意，我的巧克力岩漿比較偏好濃度高、偏苦味的黑巧克力，加點白蘭地提味我也不介意，但甜酒絕對禁止。」保羅對

著癡癡看著他的女僕，露出一抹令人屏息的俊美笑容，「好了，可以請妳轉告甜點師，我要的這道巧克力熔岩嗎？」

酡紅著臉的梅蒂點點頭。

「當然，我非常樂意幫您轉達。」

「非常謝謝妳。」

再拋去一朵金光閃閃的免費的粲笑，看見心頭小鹿亂撞的女僕離去後，保羅終於開始享用他面前的小羊羔排佐紅酒洋蔥燉櫻桃。

恬恩努力將注意力放在盤中食物上，避免看著保羅，以免露出目瞪口呆的失禮表情。

吃完了主餐，黑爝將空盤往旁邊一推，抓起餐巾擦拭唇角，然後召來僕人。

「車準備好了沒有？」

「已經準備好了。」

「黑爝，你要出去嗎？」恬恩訝異道。

「不是我，」黑爝的冷眼瞪向那個不受歡迎的傢伙，「是他。」

保羅眉開眼笑地道：「多謝你的體貼，不過我辛苦跋涉了三萬九千哩路，剛到這裡還不到一小時，沒有急著要走的意思，叫司機回去休息吧！」

總之，保羅完全漠視黑爝的逐客令就對了。

倏地一聲爆響，桌上的杯盤全都跳了起來。

「嘖嘖嘖，火氣別那麼大，小心嚇到可愛的恬恩小姐。」保羅提醒著。

黑爝望了恬恩一眼，強自壓抑下怒火。

「你是來找麻煩的？」

「我是受人之託，不然我也不想接下這苦差事。」

黑爝警覺地瞇起眼。

「誰？」

保羅痞痞一笑，「在餐桌上不討論公事是我的原則，否則美味的食物都要變餿了。」

「你──」

黑爝正要發作，忽然聽見不遠處傳來一陣騷動，雜沓的腳步聲伴隨著重物落地聲與女僕的尖叫聲。

「啊啊～～」

「啊～～好可怕！」

「別跑，別跑啊！」

「快點！快攔下來，別讓牠闖進去！」

「嗚……汪！汪汪！」

狗叫？怎麼會有狗叫？恬恩詫異著。

「發生什麼事？」黑爝站起來，臉色鐵青。

「啊，主人！聽說是一隻——」

「汪！」

忽然一記黑影襲來，快如閃電，直撲向恬恩。

「恬恩！」千鈞一髮之際，黑爝一手將恬恩拉進懷裡，一手直取黑影的咽喉。

幾名僕人拿著獵槍，瞄準了那龐然大物。

「別傷害牠！那是恬恩小姐的寵物。」一名滿頭大汗的男子衝進來喊著。

她的寵物?!

恬恩一聽，連忙從黑爝的懷中抬起頭，這才發現，被黑爝單手制伏的巨獸，居然是自己聚少離多的寵物！

「小黑？」恬恩試探地喊著：「是你嗎，小黑？」

「汪汪！」黑爝一鬆開牠，小黑立刻興奮地將恬恩撲倒在地上，用舌頭熱情地為恬恩洗臉。

「噢……天啊！小黑，這怎麼可能呢？真的是你？」恬恩撫摸著大狗的臉，直到現在仍有些不敢置信。「你怎麼會來呢？」

「恬恩小姐，我是受主人吩咐，到台灣去將妳的寵物接來陪伴妳的。」

恬恩望向黑爝，她的心中，油然而生一股柔情。

「黑爝……」

她充滿感動的表情，令黑爝不自在的別開臉，望向那隻黑色的巨獸，厲聲斥責：

「走開！笨狗，你要壓扁她了！」

小黑像是聽懂人話一樣，火速從恬恩身上跳開，黑爝將恬恩從地上扶起。

「妳沒事吧？」他不放心的檢查她全身上下，深怕她有哪根骨頭被巨犬壓斷。

「我沒事。」

「那就好……」

兩人深情對望著，渾然不覺旁邊有一堆觀眾。

保羅有趣地看著這一幕，然後拍了拍掌，驚醒看呆了的一群人。

「好了好了，把槍收起來，沒你們的事了，通通下去吧！」

僕人們退下了，黑爝與恬恩都重新回到位子上，小黑則在恬恩的腳邊舒服的趴

下。

「恬恩小姐，妳的寵物真是不同凡響啊！明明是一隻熊，卻會發出狗叫……」

「保羅，小黑是狗。」恬恩連忙替寵物說話。

「真的？」保羅露出驚訝之色，「我從沒看過這麼大隻的狗，而且牠的尊容真是令人完全不敢苟同……」

話沒說完，小黑已憤慨地衝到他面前，發出巨雷般的怒吼，捍衛自己的尊「顏」。

「汪汪！汪汪汪！」

保羅被吼得後仰，臉上冒出三條黑線。

老天！這隻狗的叫聲，足以把死人吵醒！

「好啦好啦，老兄，我道歉，算我失言可以吧！」為免耳膜被震破，保羅立刻投降。

小黑矜傲地一甩尾巴，決定不跟他一般見識，趾高氣揚地回到恬恩腳邊。

恬恩趕快摸摸牠的頭，以示安撫。

「請別見怪，小黑只是……自尊心強了一點，我想牠不喜歡別人批評牠的外貌。」恬恩歉然道。

「真是……」保羅面露苦笑，沒想到他這美男子，竟有淪落到被狗嗆聲的一天。

用完午餐，恬恩率先起身。

「我吃飽了，我想你們應該有些話想私下談，我帶小黑到外頭走走。」

「別走得太遠，」黑爝叮囑：「下午可能會下雨。」

保羅忍不住要唱反調：「我擔保三點以前不會。」

恬恩微微一笑，點點頭。

待恬恩離去後，黑爝收回表露於外的情緒，他的面容逐漸變得冷肅，如雕像一般不具情感，令人望而生畏。

「說出你的來意吧，保羅——不，」他冷冷地吐出：「阿波羅。」

黑爝摒去一干閒雜人等，與阿波羅單獨來到火星廳。

「你們的事已經傳出去了。」阿波羅一反恬恩在場時漫不經心的態度，立刻切入正題。

黑爝的臉上掠過驚人的怒意。

「誰傳的？」

阿波羅玩味著黑爔的表情，感到有絲好笑。

「你很意外？難道閣下不知道自己樹敵甚眾嗎？」言下之意，就是暗示他別浪費時間與精力去揪出那些大嘴巴了，因為不是一個，而是一大群。

那些饒舌者、挑撥是非者、唯恐天下不亂的三姑六婆，願他們下地獄遭受火煉……黑爔在心裡低咒著。

「這是我和她之間的事，與任何人都無關。」黑爔低吼著。

阿波羅點點頭，「是沒錯，但大家都已經無聊太久，就連你兩位兄弟的風流韻事，都司空見慣到引不起半點注目，反倒向來是八卦絕緣體的你，成了大家茶餘飯後的話題。」

當神實在太無聊了，不老不死，擁有永恆的生命，當世間的一切都看過都玩遍了，還有什麼能讓他們打發無窮的時間？他們也很無奈。

「我再說一次，這是我的家務事，與任何人都無關，不許任何人插手！」

阿波羅對黑爔投去同情的一瞥。

「對，理論上是這樣沒錯，但是……由於你的人緣不好，所以處心積慮想要見縫插針的傢伙多得是。」

這傢伙陰沉了點，讓人看了不舒服，固然是人緣不好的理由之一，但恐怕最主要的原因，還是他那主宰生死的巨大權力——無論是對人或是對神。

「你是來警告我的？」黑燏眯起眼。

「喲，多謝你把我想得這麼善良。」阿波羅哈哈大笑。

「難道你是來攪局的？」

「講講道理，不要把事情那麼簡單就二分好嗎？並不是所有問題的答案，就只有是與非，或者非黑即白！」阿波羅頭痛地撫額，「我只能說，我是受人之託，而我欠了對方太多，所以不得不攪入與我不相干的事件裡。」

「受誰之託？」

有一瞬間，阿波羅並不想回答。

「誰？」黑燏再問一次。

阿波羅嘆了一口氣。

「黛芙妮。」他不情願的吐露答案。

「是她?!」

這個意外的名字，讓黑燏陷入沉默。

能夠說動阿波羅的人並不多，他設想過所有的可能性，但卻沒有想到會是黛芙

妮，區區的河神之女。

「你知道的……她們太像了。」

想起黛芙妮，阿波羅的目光變得遙遠而有些哀傷。

「如果說我此生曾經對不起誰，我想那個人就是黛芙妮。這是我畢生所犯的最大過錯，就算她已經原諒我了，我也說服不了我原諒自己，因為我永遠彌補不了她！而你——你也犯了和我一樣的錯，只是你比較幸運，至少你還有挽回的餘地，而我卻是永遠沒機會了。」

恍然間，阿波羅彷彿又回到那一天——

一見鍾情的愛戀。

河畔驚心動魄的追逐。

黛芙妮驚恐的眼神。

少女變成了月桂樹。

阿波羅深深的閉眼——他永遠也無法忘記，他的愛曾如此害慘過一位少女，將心愛的人弄到這般下場，但再多的悔恨也挽回不了，那是他所背負的罪，是他光明磊落的心底唯一的陰影。

黑燏注視著阿波羅，目光依舊冷漠。

「她要你來做什麼？」

阿波羅迅速從感傷中抽離，回他一個無賴般的痞笑。

「啊，這個，我不能說。」

黑爝揪起他的衣領，「那我就揍到你說。」

聽到黑爝的恐嚇，阿波羅忍不住大笑。

「唉喲，拜託，不要逗我笑！」他邊笑邊喘氣：「現在的你，根本動不了我一根寒毛，就算你以本相現身，你也很清楚打鬥在我們的世界裡毫無意義。」兩隻神在那邊打來打去，深不可測的精力可以讓他們從這個世紀打到下一個世紀，就算掛彩也能馬上復原，誰也無法真正置誰於死地，結果只是徒然流了一缸汗，更顯空虛。

「與我結怨是不智的。」黑爝警告著。

「我知道，我也無意與你為敵，」阿波羅慨然而嘆，「但就是我無法拒絕黛芙妮的要求，就算跟你結下樑子，日後就算要面對你的報復，我也只能認了，我只想完成她的心願，就算因此開罪於你，也只能當作是我害慘了那個少女所應得的懲罰。」

「那我們就沒什麼好說的了。」黑爝惱怒地轉過身。戰線已然劃下，說什麼都

是多餘。

「基於我個人的立場，我倒是想提醒你一件事——」阿波羅打量著四周，注意到杜上的權杖刻紋。「你將自己困在這具凡身的形體裡，幾乎失去大部分的法力，即使這座城堡到處都刻有你的標誌，也不夠安全，這使得有心搞破壞的人更能肆無忌憚的下手——無論是對你，或是對她。」

「我不會讓她陷於危險。」黑爝斷然說道。

「我知道，我一看見那隻狗的時候就明白了。」

提起那隻醜不啦嘰的巨犬，阿波羅像是忍了很久，終於可以笑出聲來一般，笑得一發不可收拾，笑到流出淚來！

「老天啊，那隻狗的偽裝真是失敗！我幾乎要以為那是一隻熊！看見她一本正經的在為牠辯護的時候，我必須要極力克制才能不當場噴笑出來，這真是太KUSO了！啊哈哈哈哈……」阿波羅毫無形象的笑倒在沙發上，差點岔了氣。

但黑爝沒有笑。

他的表情，似乎從遠古開天闢地以來就欠缺歡愉。

「我向你保證，我不會傷害她，但是別人的話，我就不敢保證。」

別人？黑爝的厲眸瞇起。

「你在暗示誰？」他警覺地問。

阿波羅兩手一攤，給了他一個很乾脆的答案。

「我不知道。」

「阿波羅！」黑爝怒吼。

「我不知道，這是事實，我可以不說話，但你知道我無法說謊。今天要不是你替我虛構一個名字，我也只能向恬恩報上我的真實名諱，至於那會引發什麼後果，坦白說我也無法預料。」

他是太陽神，光明磊落，永不說謊，真理常在，亦被稱為真理之神。

「我只能告訴你，如果你不想要橫生枝節，最好快一點，再拖下去只怕增添變數，畢竟等著落井下石的傢伙不在少數，之後上門來的，是敵是友未可知。」阿波羅頓了一下，續道：「還有，我知道你嫌我礙眼，一見到我就恨不得把我轟出去，不過不管你願不願意我都會再來，因為我有必須完成的事。」

黑爝憤怒地轉向窗外。

這時，陽光隱斂，天空灰濛一片，接著落下傾盆大雨。

他瞥了一眼桌上的精美座鐘——

座鐘的指針，剛好指向三點整。

第五章　暗影

黑爝沒有到水星廳用晚餐。

莊園的晚餐固定在七點開始，女僕要準備送餐時，恬恩婉謝了，她想要和黑爝一起用，但是等到八點，黑爝仍是沒出現，她決定要去找他。

「梅蒂，妳知道黑爝在哪裡嗎？」

「主人下午進火星廳之後，就沒再出來過。」

恬恩點點頭，簡單道了謝後，就往火星廳走去。

原本趴在一旁的小黑也跟著她站起來。

恬恩見狀，不由好笑。

「小黑，我去找黑爓，你待這裡別亂跑。」她命令道。

牠發出一記低嗚回應她，很乖的又趴回去。

恬恩獨自走過長廊，憑著記憶來到火星廳。

火星廳的門扉緊掩著，厚重的門上飾有金色浮雕，歐洲日落得晚，當西照的太陽拂上門上的青金銅浮雕，那炫麗的輝煌看上去竟帶有一絲寂寞的冷清。

她鼓起勇氣敲了敲門。

「誰？」裡頭傳來低咆。

「是我。」

聽出是恬恩的聲音，大門很快的被從裡面打開。

「怎麼了？」他警覺而迅速地掃過她，確定她沒事。

「只是擔心你，你沒去吃晚餐。」

「晚餐？」他眨了眨眼，疲憊的神情彷彿大夢初醒。「現在幾點了？」

「剛過八點。」恬恩輕聲道：「我叫梅蒂送餐過來給你好嗎？」

他搖搖頭，「不用，我不餓。」

他折回廳內，坐回沙發上。

恬恩眨了眨眼，這才發現火星廳內有些幽暗，彷彿他從下午坐到現在，連太陽

將要西沉了也沒有感覺。

「我把燈打開好嗎？」

黑燏隨意的點了下頭。

恬恩開了燈，照亮了極為寬敞的室內。

火星廳向來是黑燏的書房，除了四壁的圖書外，有一張桃花心木的寫字枱，一個古老而巨大的星象儀，接近門口處鋪設了一塊華美的地毯，放置了數張舒適華美的羊皮沙發及相配的矮几。

「陪我坐一下。」

恬恩點點頭，在他的身旁落坐。

黑燏的左手伸過來，握住她雪白的右手，恬恩則輕柔地覆上他的手背，給予他無言的支持。

她的舉動使他臉上的冰霜退去一些，感受那有如小小燭光般的暖意，他的眼睛裡也多了些許溫度。

「發生什麼事了？是保羅帶來什麼壞消息嗎？」恬恩敏銳地感覺到，一定有什麼事不對了，否則他不會這麼消沉，「你看起來和平常不太一樣。」

黑燏不想回答。

他不願再去回想下午和阿波羅所說的每一個字，還有那些巨變將至的徵兆。

「恬恩……」

「嗯？」

「妳覺得犯錯是可以被原諒的嗎？」

恬恩瞠大了眼睛，不知道為什麼黑爝會這麼問。

但是當她望著他的眼眸，發現那是一雙飽含著痛楚，折磨與哀傷的眼睛，他是真切地為這問題所苦。

「黑爝，你為什麼忽然這麼問？你犯了錯嗎？」

他輕扯嘴角。「或許是吧！」

這個問題很難，恬恩低頭想了好一會兒。

「那……要看看到底是大錯還是小錯，有心或是無意。」

「如果……有一個東西，妳非常渴望，」望著她澄澈無偽的雙眼，他說得艱難：「渴望到無法沒有它而活，所以妳用了傷害別人的方式得到它……妳覺得這是可以被原諒的嗎？」

「這個東西對你來說那麼重要嗎？」

「是的。」那是他漫長無盡的生命裡，唯一的意義。

「重要到傷害別人也在所不惜嗎？」

他閉了閉眼，「……是的。」

恬恩輕嘆一口氣，深深的望住他。

「既然你已經得到你最重要的東西，為什麼還要在乎別人難不難過呢？」

恬恩赤子般的眼眸，像是一把利刃，一舉穿透他防衛的盔甲，讓他清清楚楚的看見自己的偽善。

「我已經是你的禁臠，你已經得到你要的了，還有什麼不滿意嗎？」

「你掠奪了我，為什麼我還必須給你我的心甘情願？」

是啊，他不需要在乎。

他已經得到了，這才是最重要的，不是嗎？

他明明不必在乎，但是……為什麼他會那麼痛苦？

他頹然掩面，就算閉上眼，他還是看得見。

誠如阿波羅所言，那或許就是他的「罪」。

「黑爝？」他真的不對勁！她從沒見過他這麼痛苦的模樣。恬恩的小手急切地覆上他的臉龐，將他轉向自己，「怎麼了？究竟發生什麼事？」

黑爝無法回答她，因為他自己也不知道該如何告訴她。

他一咬牙，推開她的手。

「出去，讓我一個人靜一靜。」

「不，除非你跟我一起出去。」她冷靜地說。

他像隻負傷的獸，只想藏起自己，獨自舔傷，但她不能留下他一個。

黑爝倏然盯住她，目光犀利。

「妳擔心我嗎？」

「我是在擔心你。」

黑爝的胸口一震，但隨即恢復平靜。

「為什麼？」他嗄啞地、嘲諷的笑了，「因為我是解救了你父親的恩人？因為我將世上絕無僅有的藍月玫瑰送給妳？因為我接妳的寵物來陪伴妳？恬恩，妳別太過天真，我不是妳以為的那種好人……」

恬恩重重的搖頭。

「我不懂，你為什麼要這麼說？為什麼要這樣貶低自己？」

「因為我說的全是事實！」他低吼。

兩人強烈對視著，黑爝甚至可以感受到恬恩的嘴唇微微的顫抖，但她的目光卻從不退縮。

好半晌，恬恩才輕聲吐出一句——

「我不相信。」

黑爝低吼一聲，倏地將她拉入懷中，重重的覆上她的唇，他舔吻她，吮嚐她，竭盡所能。

他感覺到她的緊繃，但他沒有憐惜之意，捆抱住她的手勁大到接近野蠻，他的吻一點也不溫柔，卻狂野得令她癱軟。

他想懲罰她的輕信，想要教訓她、狠狠折磨她，讓她知道自己的愚昧與天真。

他的手滑上她的頸背，令她的頭向後仰起，他的唇自她的唇上移開，輕舔她誘人的唇角，在她小巧的下巴上琢磨片刻，繼續向下迤邐，吻至她細緻的咽喉，再向下，滑至鎖骨的凹陷處。

恬恩感受到他熾熱的舌，在那小小的凹陷處邪惡的流連，輕摩啃咬；他的手探入她的衣裳底下，愛撫過她的渾圓，挑動嫩弱的蓓蕾，粗礪的指帶來如電流一般的刺激，流淌過她的血液，傳至神經末梢，在他老練的撫觸下，她不自禁的發出輕吟，星眸半掩，頭部無力地擺動著。

黑爝將她放倒在沙發上，當恬恩的背部接觸到柔軟舒適的皮革，他熾熱的胸膛也隨之覆上她。

她感受到他的溫度與重量，她的嗅覺被他獨特的氣息所包圍。

黑爝熾烈的眼眸緊緊地注視著她，然後他托起她的下巴，再次吻住了她，那深刻而濃烈的吻，彷彿可以觸及靈魂，他以唇舌瘋狂地佔有她，纏裹她，隱隱模仿著歡愛的舞步，反覆地深吻她。

忽然間，他感覺臉上的濕意，抬起頭，他發現她無聲的眼淚。

黑爝驀地僵住——他傷害她了！

一種強烈的悔恨，使他想殺了自己。

隨著他的移動，枝狀水晶吊燈柔和的光芒灑落在恬恩的臉上，恬恩慢慢地睜開眼，淚霧中，光線有些刺眼，因為背著光，她看不清黑爝的表情，但她察覺他準備退開。

「不要……」她攀住他的後頸，不讓他走。

「恬恩……」

「不要這樣對待你自己！」她的眼中淚光瑩然，將他抱得更緊，靠在他胸膛上哽咽地道：「我不知道你為什麼要這麼做，也不知道你想證明什麼，可是……我從來就不認為你會傷害我。」

毫無防備的，他被一種巨大的柔情襲倒。

他心中防衛的城牆陷落了。

恬恩毫無保留的信任，有如一方陽光攻陷了心中最幽暗的角落，使他產生一種莫名的悸動，並深刻的體認到一件事——

他愛她。

他喜歡她眼中的自己，彷彿重生般的潔淨，在這世上，他不知道還有誰會用這樣純粹的眼光看待他。

天使與惡魔，白晝與黑夜，他們之間是如此不同，明知道不應該，但居處在黑暗深淵的他，卻無法自拔地憧憬著光明。

有時候，人不該擁有非分的忮求，神也相同。

為了貪求這份不該擁有的幸福，他曾鑄下可怕的大錯。

長久以來他一直自問一個問題——

為什麼要讓他遇見她？

這是誰的安排？誰的捉弄？是否在天神之上，還有一個更高的意志，擺布著他們的命運？

但是他清楚的明白一件事——不管要重來幾次，他都會愛上她。

她的小手爬上他的臉頰，小心地捧著他的臉。

「黑爝，我愛你。」她對他說道。

那一瞬間，黑爝的眼眶突然潮濕。

「妳不需要這麼說……」他狠狠地閉上眼，聲音低啞，「我並不值得妳愛。」

「沒有人不值得被愛。」

他抵著她的額，痛苦的搖頭，「不，妳不懂……」

他犯了太多的錯，那些為了引她前來的謊言與伎倆，還有，更久遠之前，他對她的傷害……

在淚光瑩然中，她努力對他微笑。

「黑爝，你相信緣分嗎？那是一種彷彿曾經見過，如今再度重逢，恍若隔世的感覺。」

他望著她，沒有說話。

「我相信有。」她對他綻放的微笑，絕美得令人屏息，「我不知道這算不算天真，我們相識不過短短一週，不知道為什麼，我卻感覺到我們之間，好像有某種無法言喻的牽連，一種不知名的力量將我們拉近。」

過去恬恩沒有太多與異性相處的機會，與異性太過親近時，她甚至會感到不安或害怕，使她下意識的想要保持一些距離。

但是面對黑爝……她卻只想更了解他一些。

這就是為什麼她會選擇留下來的原因——不是為了玫瑰，而是為了他。

「打從我爸對我說起『藍月玫瑰的主人』，這個名詞就在我的心上烙下痕跡，讓我好想見見你。當我第一次在水星廳見到你，不知道為什麼，我有種強烈的感覺，雖然你與生俱來的威嚴氣質有時會令人心生畏懼，但奇怪的是，我卻不曾感到害怕或退縮，因為我心中的直覺告訴我，你絕不會傷害我，在與你相處的這些日子以來，我更確信了這件事。」

「恬恩……」他的心口緊縮，這是夢嗎？他從沒想過會聽見她的告白。

「黑爝，我想要更了解你，我想知道你所有的快樂與煩惱，想知道你為什麼不開心，還有為什麼有時候你看著我的眼神，看起來好像很悲傷……」她怯怯一笑，「你願意幫助我嗎，黑爝？」

這剎那，他再也無法壓抑自己的感情，猛然抱住她，將她壓入懷裡。

這是他未敢奢望過的奇蹟，有如最美好的夢境成真。

那些陰影與傷痛，在這一刻奇異地離他遠去。

在這一刻，他感覺自己完整了，再無所求。

下了一夜大雨，再放晴後，空氣裡充滿了悅人的泥土芬芳。

王恬恩在廚房裡調了一壺足夠今天所需的辣椒水，準備帶到花房去噴灑。

當她走到日光蘭之境，一名像是男僕的男子見狀，立刻走了過來。

「恬恩小姐，請讓我幫妳提。」

「沒關係，這不會很重……」

恬恩還是不太習慣別人對她的慇勤，對她來說，提水是工作的一部分，是從小就做慣的粗活。

「請『務必』讓我幫妳提。」他堅持地說道。

「呃……那就麻煩你。」

男僕鬆了一口氣，很快地接過她手上沉重的水壺。

「謝謝你，呃……」她不知道他的名字。

男僕微微一笑，他有一雙彎彎的綠色笑眼和一口討人喜歡的整齊白牙。

「我叫夢非斯。」

「謝謝你，夢非斯，」恬恩好奇地問道：「我好像不曾在莊園裡見過你，你是

新來的嗎？」

夢非斯的笑容好似消失了一下，但恬恩覺得可能是自己多心。

「莊園裡有那麼多僕人，恬恩小姐總不會每個都記得。」

「我記得喔！只要我見過一次，我就會記得，而且我還知道大部分僕人的名字。」恬恩對自己的記憶力很有自信。

「恬恩小姐的記憶真好，」他的笑容有些勉強，「但我在莊園裡已工作很久了，我主要負責的是日光蘭之境的花壇維護，所以很少進入城堡。」

「原來如此。」

兩人一面閒聊著，一面往藍月玫瑰專用的花房走去。

恬恩打開門，讓夢非斯進入。

「謝謝你的幫忙，水壺很重吧？放工作枱上就好。」

夢非斯放下水壺後，並未馬上退出去，反而站在花叢旁，目不轉睛地看著那奇異的花朵。

「這就是傳說中的奇蹟之花，藍月玫瑰？」他輕呼出一口氣。

「是啊，很美吧！」恬恩笑著點點頭，將辣椒水倒入灑水器，「以你對園藝的了解，應該知道培育藍色玫瑰的困難，我第一次看見它的時候，反應比你更激烈

呢！」

「這是我第一次見到，主人不讓我們接近這裡，也不輕易將藍月玫瑰交給別人照顧。」夢非斯對著她道：「他很重視恬恩小姐。」

聽見夢非斯這麼說，恬恩的臉頰染上一抹粉漾。

昨晚，她與黑燏的關係，邁入了下一個階段。

他讓她看見自己的脆弱，而她也向他告白，坦承自己的心意，確認了彼此間的感情。

昨晚他們一起窩在那張羊皮沙發上入睡，雖然他們什麼也沒做，但躺在彼此懷中入睡的感覺是那麼好。

今早她起身時，黑燏還睡著，連她離開沙發時都未被驚醒。他睡得好沉，彷彿從未好好睡過，他的模樣有如一個跋涉千里的旅人終於回到家，可以安穩入睡。

看見他睡著時的放鬆與平和，與平日孤絕清冷的模樣完全不同，她好喜歡他這麼不設防的樣子。

「藍月玫瑰是女主人培育出來的，也是留給主人唯一的紀念，所以他萬分珍惜。」夢非斯彎下腰，嗅了嗅花兒的芬芳，「女主人是位園藝天才，沒有任何植物是她種不出來的，她簡直就像神話中的花神，她要花開，花不能不開。」

恬恩愣了一下。

「你說的女主人是？」

「是主人的前妻。」

前妻?!

原來，黑爝結過婚了？

夢非斯發現她眼中的震驚，不由臉色大變。

「抱歉，原來妳不知道嗎？我還以為……」

「沒關係的，」她連忙搖搖頭，「黑爝是一個非常出色的人，他當然不可能……沒有過去。」

雖然她是笑著的，但多少有些落寞。

這是黑爝的過去，她所不知道的過去。

他並沒有對她吐露這段歷史，他說過他曾愛過一個女人，卻沒有告訴她那個女人就是他的前妻。雖然沒有人規定在交往之初就必須毫無保留的交代自己的過去，只是忽然從別人口中知道這件事，恬恩還是覺得有些驚訝。

在一片沉默中，夢非斯忽然開口。

「我知道黑爝所有的事。」

是她的錯覺嗎？恬恩覺得，夢非斯說話的口氣和剛剛不太一樣，而且他望住她的眼神好奇特……當他直直地望進她的眼瞳時，她覺得自己的魂魄像是被吸入那對綠色的湖泊中，久久無法回神……

「妳不想知道嗎？」

「不……」奇怪，為什麼她的頭好昏，每說一個字都要費盡力氣？「沒關係，我並不想……不想打探他的過去。」

「啊，那是當然，」他像是覺得很有趣般的笑了起來，「有關他的過去，妳知道得越少越好，否則……」

否則什麼？恬恩想說話，但是她的嘴動不了。

「恬恩小姐，妳看起來想睡了。」

恬恩瞪大了眼。她下床還未一個小時，怎麼可能會想睡？但是，一種鬆弛的睡意，緩緩地席捲了她的意識。

「不……我……」她的抗議呢噥不清，教人難以分辨。

夢非斯走向她，一手擱在她的腰際。

「嘴裡說不，但妳好像站不住了呢！」他輕笑著。

在他說完的那一刻，恬恩整個人竟不由自主地向後倒去，倒在夢非斯已然準備

好的懷抱裡。

「睡吧！恬恩小姐，睡著是多麼美好的體驗，妳何須抗拒？」

當他含著笑意，大手在她面前一揮而下，恬恩彷彿中了魔法的睡美人，立刻陷入死亡般的沉睡。

在她睡著前，夢非斯催眠般的嗓音飄入她的耳際——

「睡吧，沉睡吧！妳的夢正在等妳……」

黑爝是被轟雷般的響聲吵醒的。

「該死的……」是誰膽敢在他入睡時弄出這麼大的聲響？吵得他頭痛欲裂。

「汪！汪汪！」

原來是那隻笨狗！

他的吠叫迴蕩在空曠的城堡裡，有如響雷的共鳴。

「噓！別叫呀，主人還在睡……」

「汪汪！汪汪汪～～」

「老天，這狗怎麼講不聽——哇啊～～別咬我！」

被吵醒的黑燏鐵青著臉，走向火星廳的大門，猛地將門拉開。

所有試圖制止小黑吠叫的僕人們倒抽一口氣，全都被黑燏陰森的表情嚇白了臉，噤若寒蟬，只有小黑仍在狂吠。

黑燏火大至極，對著小黑怒斥——

「閉嘴，還不退下！」

但小黑卻不像昨晚那聽話，反而像瘋了一般，越吠越淒厲。

黑燏感覺頸後的寒毛豎起，霎時，一種不好的預感使他的血液幾乎凝結。

「是恬恩嗎？」

「汪！」

「是恬恩有危險？」

「汪汪！」小黑咬住他的褲管，彷彿要他跟牠走。

黑燏的眼瞳驀地捲起風暴——是誰？敢在他的地盤上動她?!要是被他逮到，他要將他碎屍萬段！

「賽勃勒斯，把恬恩找出來！」

「汪汪！」

在賽勃勒斯的帶領下，黑燏迅速趕到藍月玫瑰花房。

「恬恩！」

他奔進花房，環視一掃，沒看見人影，只看見翻倒在地的灑水器，他心臟幾乎停止跳動。

該死，慢了一步！有人帶走了恬恩。

是阿波羅嗎？不可能，他親口保證過他不會傷害恬恩，他不會說謊。

「是誰？是誰在與我作對?!」

熊熊怒火如狂濤般席捲了黑熠，那白熱化的怒氣難以壓抑，幾乎要撕裂這具血肉之軀。

在這一刻，找到恬恩的念頭壓倒一切，使他破例決定動用被他封印在體內的力量。

他忽地右手平伸，大喝——

「冥王劍！」

通體玄黑的長劍平空出現，落在他掌中，黑熠舉劍往地上一插，地面巨震，轟然一聲縱裂為兩半，溫室的玻璃禁不住這震動，全迸裂了開來，碎玻璃有如萬箭齊射。

「冥王招魂——卜靈，現身！」

裂縫中，噴瀉出一道青煙，接著一個慘白慘白的東西由地底冒出。

那是一具骷髏。

那骷髏爬行到黑燏面前，但因為看到賽勃勒斯，畏懼地停在三大步之外，不敢太過靠近。

「亡者卜靈，聽候冥王差遣。」

「冥界的真知者卜靈，我要知道是誰帶走了我的妻子。」

「哦……哦……」骷髏搖晃著，骨頭碰撞，發出令人發毛的喀喀聲響，片刻後，它終於說出黑燏等待的答案。

「帶走王后的是──睡夢之神，夢非斯。」

第六章　夢境

這是夢的氣味。

黑爝睜開眼，他已追蹤到了夢非斯留下的痕跡，進入他的夢境。

一進入虛幻的夢境裡，幻化的凡身便無用處，再也無法束縛真實的本相。

賽勃勒斯的身軀不停地伸展，成為高逾兩尺，三頭彪尾，全身漆黑如墨的龐然巨獸。

牠是能令天神恐懼的怪物，為九頭蛇許德拉，噴火怪凱迷拉的近親，自從被冥王收伏後，成為冥王座前的守護神獸，冥界的看門狗——三頭地獄犬。

牠的第一顆頭看守著死者，不令其離開；第二顆頭看守著活人，不令其進入；

第三顆頭則有張流著岩漿的大嘴，並能噴出瞬間將一切焚燬的烈燄。

黑爝解除施加在己身的封印，以冥王之姿現身。

地獄犬在冥王面前曲膝，冥王翻身跨坐在牠的背上。

「賽勃勒斯，救回冥后！」

「吼～～」

地獄犬發出撼人的狂嘯，四腿撒開，如銀箭般飛奔出去。

黑暗的夢境。

無邊的夢境。

睡夢之神夢非斯的夢境。

黑爝駕著地獄犬奔馳著，任狂風自耳邊呼嘯而過，也看不見任何景物。

這裡介於睡夢與死亡的交界，是夢境最深沉最幽暗之處。

「呵呵呵……」

一陣輕笑飄忽而過。

黑爝手起刀落，卻砍進一片虛空之中。

「呵呵呵呵……」那串笑聲再度響起，忽遠忽近，忽左忽右。「我是何其有幸啊，竟能讓冥王黑帝斯入夢與我一會！」

「夢非斯！」他咬牙切齒，憤怒得目眥欲裂。

「我以為透過夢境來去，不會留下痕跡，沒想到你這麼快就找上門了。」

他手握冥王劍，舉目四顧，觸目所及一片漆黑。

「廢話少說，把我的妻子還給我！」

「恕難從命。」

洶湧的殺意閃入他的眼中。

「那麼我就破了你的夢境！」

黑爝揮劍，劍身破空，黑暗仍是黑暗，虛空仍是虛空。

他不信邪的再試，結果仍然相同。

賽勃勒斯怒吼一聲，噴出足以燒鎔一切的烈火，但卻像是朝著空蕩的黑暗中發出無謂的攻擊。

不行！再這樣下去，他們只會在夢境裡白白耗盡力氣！

「呵呵呵……在地表之下，是你的王國；在夢境之中，是我的國度。冥王黑帝斯，我要將你囚在我的夢中，永生永世！」

黑爝發出怒吼，長劍往地上一插——

「龍牙武士聽令！」

虛空之中，無所動靜。

「呵呵呵……哈哈哈哈……黑帝斯，難道你想要召來骷髏大軍嗎？」夢非斯的笑聲益發猖狂，「難道你還不了解？這是夢，是虛無啊！冥王劍在這裡根本無用武之地，你會敗在我的手裡！」

忽然，黑爗從賽勃勒斯背上躍下，坐在劍旁，閉上眼睛。

面對夢非斯的幻境，他不能力敵，只能智取，他必須找出破解夢境的關鍵！

「噢，你不抵抗了嗎，黑帝斯？身為三大天神之一的你，身為地府之王，幽冥的主宰，人人敬畏的恐懼之神，難道你的能耐就只有這樣？」

面對夢非斯的嘲弄，黑爗無動於衷。

他凝神思索，半晌過後，他的唇角忽然勾起一抹肅殺的笑。

他以神界之語言，唸動古老的咒語——

推動宇宙中一切的光榮啊！

威震寰宇，統轄天國，

放射的光明啊！

用你的光芒使蒼穹變得永遠靜謐，

使幽暗稀薄不曾蔓延，

跟隨我，

讓我引妳出此地，前往永恆之邦，

通過這個途徑，走向妳所渴望之境。

驀然間，夢境劇震，從虛無中掀起一陣狂風。

在狂風肆捲中，黑燏的聲音蓋過一切，堅決而清晰——

從無而到有，有亦終歸無，

從無而有謂之生，從有而無名為滅。

在無與有之間，在生與滅之間，

在天與地之間，在光明與黑暗的交界，

吾以冥王之名，用我倆的愛情為賭注，

吾愛，醒來吧！回應我的呼喚，回到我的身邊！

「黑……燏……」夢境的深處，傳來夢遊般的囈語。

是恬恩的聲音！

「這……這不可能！」夢非斯驚恐，他的夢之「鍵」動搖了。

聽見那不容錯辨的聲音，黑燏拔劍一躍而起，沖天而上，在空中凌厲一劈。

「冥王斬，破！」

「啊啊啊～～～」

在夢非斯淒厲的慘叫中，闃黑的夢境，如碎裂的鏡子般飛濺四散。

夢非斯的夢境崩毀了！

崩塌的夢境中，一具身軀失速墜下，黑爝飛身而至，接住落下的小小人兒——

那正是他遍尋不著的恬恩！

找到她了！黑爝緊緊抱住恬恩，欣喜若狂。

「賽勃勒斯！」

「走！」

聽見黑爝的喝令，賽勃勒斯立刻飛奔過去，負載牠所效忠的王與后。

「吼～」賽勃勒斯聽令，邁開步伐，狂奔出這瀕臨毀滅的夢境。

「黑爝，你聽得到我嗎？」

這聲音……恬恩？怎麼了？發生什麼事？為什麼她在哭？

「你已經昏睡三天了，你什麼時候才會醒來呢？」

昏睡？他感覺自己不過是閉了下眼，居然已過了三天？

「你怎麼會這麼傻？為了保護我，卻讓自己受了那麼重的傷，差點連命都沒有了，你知不知道我看了有多難過……」

他感覺到自己的手貼在她淚濕的頰上，不由一陣心憐。

別哭，他只是有點累，需要躺一躺，不妨事的。

「不要離開我，我不要你離開我……」

不會的，他怎麼會離開？他們會在一起，直到天長地久。

「恬恩，我們出去，讓他休息吧！」

忽然插進來一個男子的聲音，令他心生不悅。

是誰？為什麼要把恬恩帶走？

「我不吵你了，你好好休息，我會再來。」

不！別叫她走！留下來，他需要她！

小手輕輕的放開他，隨著細細的抽泣聲遠去，他心之所繫的女子離開了，這令他微微失望，並且感到有點生氣。

「嘖嘖，瞧瞧你的樣子，凡身肉體真是不經用啊，是不是？真不懂你為何要給自己弄來這具束縛，若不是你神力在身，在夢非斯的夢境崩塌時，你的小命早就一併葬送掉了！」

他聽出來了——這慵懶又調侃的語調，不是阿波羅還會有誰？就算他聽不出來，他不管走到哪溫度就會上升的現象，除非白癡才會沒感覺。

該死！這傢伙為什麼又出現？

「恬恩沒事，你們逃出來時，你用你的身體將她保護得好好的，連根頭髮都沒少。不過，所有的事她都不記得了，甚至包括夢非斯的誘拐，我懷疑這是夢非斯搞的鬼，不過我想破頭也不知道他為什麼要那樣做，那對他根本沒好處。」

她沒事就好，不記得那些事也無所謂。

「黑帝斯，你好好養病，恬恩我會替你照應著——不過別躺太久，小心她移情別戀愛上我，哇哈哈哈哈！」

去死！

阿波羅的聲音消失了，隨著一記關門的聲響，四周回復寂靜。

黑爝再度失去意識。

當黑爝再度醒轉，是在一個風和日麗的午后。

他在床上躺了幾天了？三天？四天？

他緩慢地從床上坐起，感覺因劇烈的飢餓而導致乏力。

舔了舔乾燥的唇，不顧口中的乾渴，下床的第一件事，就是要親眼確認恬恩安好。

他朝著門口走去，忽然有人推門而入。

男僕拿著盛著熱湯的大托盤前來，看見黑爝已經下床，不由又驚又喜。

「主人！」

「恬恩呢？她沒事吧？」黑爝睜開眼第一件事就是問起她。

「恬恩小姐很好，她剛去了日光蘭之境。」男僕恭敬地回答。

他點點頭。

「主人，呃……您要不要先吃點東西？」

他一揮手，「待會再說。」

黑爝走到木星廳，還未推開那扇與日光蘭之境相連的大門，便聽到一陣悅耳的樂音，定睛一看，原來是阿波羅正在對著恬恩彈奏吉他。

我在這世界遊走，

捕捉一切的歡樂，

不合意的，我將之捨棄；

不持久的，我將之拋去；

我貪求，我擁有，有過之後，再度貪求。

初猶大力盤旋，

今我躊躇滿志，

地上事物我已盡知，

卻終不能向天外逃去。

仰望天的，盡皆癡愚！

何不把酒就唇，

浩渺天地間，斗酒相娛？

阿波羅的演奏出神入化，不只賽勃勒斯（牠又偽裝成小黑的樣子）聽得入迷，恬恩也聽得入迷，直到他彈完最後一個音，她還久久無法回神。

「我從沒聽過這樣的歌，」恬恩看著阿波羅道：「表面上聽起來好像很愉快，但為什麼聽完後，卻覺得有種淡淡的悲傷呢？」

阿波羅聽完，很樂地拍起手來。

「說得好！這就是享樂主義的真髓啊！當妳享盡天下之樂，不管多好玩的事妳都玩過起碼一千次以上之後，妳對任何事都膩得要死、煩得要死，世上已經沒什麼

事會讓妳感到新鮮或存有幻想，然後妳就會覺得——啊，所謂的『永遠』也不過如此。到底永遠有什麼好？我真搞不懂那些追求長生不死的神經病究竟在想什麼。」

恬恩卻忽然笑了。

「保羅，為什麼你還這麼年輕，就這麼厭世呢？」

阿波羅也笑了。

「為什麼妳長得這麼可愛，講話卻這麼苛薄呢？」說完，他用力在恬恩嫩呼呼的臉頰上親了一記。

恬恩羞紅了臉，有些不知所措。

她知道保羅是在和她玩，但她還是不太習慣外國人的開放。

這時，一道憤怒的嗓音驀然如鞭子般抽來——

「這是在幹什麼？」

恬恩嚇了一跳，回過頭，她看見黑爝站在木星廳的門邊，他形容憔悴，但一雙黑眸卻盛滿了怒氣。

「汪！」看見主人，賽勃勒斯高興地猛搖尾巴。

「黑爝！」她發出驚喜的低呼，飛快地奔到他身邊，像隻快樂的小雲雀，「你醒了？你沒事了嗎？你覺得身體怎麼樣？」

「我當然要醒來，如果我再不醒，只怕就要被忘記。」他隱隱咬牙切齒。

天真的恬恩，根本就未聽出黑爝的嘲諷。

「怎麼會呢？我們每天都陪著你啊，尤其是保羅，他天天都來看你，我們還一起幫你換藥……」

「『我們』？」黑爝非常平靜的重複，兩手卻無意識的緊握成拳。

才不過幾天，她和阿波羅就已經是「我們」了?!

阿波羅早已察覺到黑爝的妒意，他覺得黑爝吃醋的樣子簡直好笑斃了，對於一個活了幾千幾萬年、窮極無聊的神祇而言，要他放過調侃黑爝的機會根本是不可能。

「是啊，你那樣躺在床上，『我們』天天都去看你，『我們』也互相扶持安慰，在不能入睡的夜裡，『我們』彼此作伴、夜夜談心，如果你再不醒來，『我們』真不知道該怎麼辦才好……」

話沒講完，暴怒的黑爝已經一拳揮過去，阿波羅輕而易舉地閃開，還發出一串惡作劇得逞般的大笑，黑爝火大的再度舉起鐵拳——

「黑爝！」恬恩嚇住了，一把抱住他的手臂責問著：「你怎麼可以這樣？你為什麼要打保羅？」

「妳竟然還問我為什麼？」他雖極力壓抑，但還是很接近咆哮。

「恬恩，妳要保護我！」阿波羅展現出「大丈夫能屈能伸」的深厚修為，故意躲到恬恩背後，在她看不到時對一臉鐵青的黑爝大做鬼臉。

黑爝見了，心火更熾。

他要一拳打扁這個唯恐天下不亂的傢伙！

「別躲在恬恩背後，給我出來！」

「你到底在生什麼氣？」恬恩忽然也生氣了，「在你昏睡的這段期間，你知道我有多內疚、多擔心嗎？先不說保羅天天來看你，如果不是保羅逼著我吃，逼著我睡，還彈吉他給我解悶，我早就因為擔心過度病倒了！看到你終於能下床，我是那麼高興，可是你一醒來就是亂發脾氣！我……我……」

說到最後，恬恩淚如泉湧，掩住發顫的雙唇，傷心地從黑爝的面前跑走。

「嗚……」賽勃勒斯低鳴著，頗有埋怨主人的意味。

黑爝看著她哭著離開，心中更加難受。

他視而不見的僵立著，心裡總不明白——他是那麼愛她，但為什麼自己帶給她的，總是傷害？

「我說你啊，要吃醋也要有個限度，你的暴躁害了你，多少年了，還學不

乖。」

聽見阿波羅的淡嘲，黑爝火大的揪起阿波羅的衣襟。

「你有什麼資格教訓我？你以為這是誰害的？」他大吼。

阿波羅輕而易舉地撣開他的手，笑笑道：「以一個躺了五天的人來說，你的力氣真是大得驚人啊！有神力護體的凡人果然不一樣。」

「少顧左右而言他！」

「黑帝斯，」阿波羅似笑非笑的看著他，「你確定你要在這時候跟我爭辯這個，不先去看看恬恩嗎？」

黑爝低咒一聲。

「別以為剛剛的事就這麼算了！」臨走前，黑爝還不忘撂下狠話。

「祝你好運啦！」阿波羅對他的狠話毫不放在心上，還笑咪咪的揮手送他一路好走。

待黑爝走遠後，無聊的阿波羅低下頭，他看了看賽勃勒斯，賽勃勒斯也看著他。

「呃，老兄，你要不要聽我彈琴？」

「恬恩！」

長廊上，黑爵大步追在恬恩之後。

恬恩還在生著氣，他一喚，她就跑得更快。

「恬恩——噢！」

因為足足有五天只靠液體食物維生，在經過了動怒、揍人與追逐後，他忽然感覺眼前一陣昏黑，為了避免自己昏倒，他連忙撐住一旁的大理石柱，閉眸喘息。

幾乎是在下一秒，恬恩緊張的聲音立刻出現在身邊。

「黑爵，你怎麼了？」

啊，恬恩。

他的嘴唇，控制不住地微微上揚，不過只有不到一秒的時間，轉瞬即逝。

「頭暈。」他說。

恬恩聽了，不由得又擔心又焦急。

「你不該這樣疾走的！你才剛清醒過來，身體還沒完全復元啊！要是癒合的傷口又裂開怎麼辦……」

「因為妳逃開我，」他握住她的手，「我不要妳逃開我！」

看見他臉色蒼白，眼眶凹陷，滿面鬍鬚，嘴唇乾裂，傷痕處處卻奮不顧身來追她的模樣，天性善意的恬恩怎麼還捨得氣他？

「我不逃開了，」她將他的手搭到自己肩上，「我扶你回房。」

「嗯。」

他扶著嬌小的恬恩，由著她攙著自己回房。

他看著恬恩扶著自己，小心翼翼，小步小步走著的模樣，心底浮現一絲近乎心痛的甜蜜。

其實他已經好多了，就算不必她來扶，他也可以像平常一樣大步走，但他抗拒不了她心甘情願靠在自己身邊的溫柔，他甚至配合她的腳步，荒謬地希望這一小段路可以走得久一點。

回到房間，辦事效率迅速的僕人早已將床單更換並鋪好，床邊的小几上，放著一盅加了蓋子的湯，和一壺水。

當恬恩注意到那些食物時，不由瞠大眼睛。

「你沒吃東西就離開房間？」她忍不住要罵人，「你瘋了嗎？你五天來只靠著一點熱湯維生，醒來後不好好吃點東西補充體力，第一件事居然是跑去對保羅大吼

大叫？」

「我只是想先見到妳，我要親眼確定妳沒事。」

聽見他這麼說，恬恩鼻頭一酸，大眼睛裡忽然充滿淚光。

「恬恩……」他啞聲低喚。

「是我害你變成這樣的……」豆大的淚，滑下她的臉頰，「我完全想不起來那天發生什麼事，我聽梅蒂說，花房的玻璃不知怎麼炸裂開來，我們被發現的時候，你為了保護我而趴在我身上，擋去了大部分的衝擊，所以你的背上都是傷……」

「別哭。」他將她的腦袋壓進自己的胸膛。

「對不起……但我真的很想哭！」

黑爝一陣無言。

「好吧，」他在她髮心印下一吻，抱緊她，「那就哭吧！」

有了黑爝的允許，恬恩埋首在他懷中嚎啕大哭，將這五天以來的內疚與擔憂，徹底地宣洩，眼淚鼻涕糊了他一身。

她哭了好一會，等到她終於平復自己，抬起頭，她又忽然覺得好糗。

「抱歉，我……」一時忍不住。」她抹了抹眼淚，發現自己把他的黑色絲袍哭濕了一大片，不由更加難過，「天啊！我居然弄濕了你的衣服！」

黑爝看看衣襟，再看看恬恩，露出一種自嘲的表情。

「這種天氣，我想還不至於會著涼。」

恬恩一愣，忍不住破涕為笑。

「你該吃東西了。」她熟練地展開一張小桌，放在床上，然後將熱湯端到他面前，打開蓋子，香氣撲鼻而來。「你雖然醒了，但還是先喝點流體食物，等腸胃適應了，再慢慢增加固體食物，免得胃疼。」

「這是什麼？」他舀出浮在湯裡的，一種很像植物根鬚的東西。

「那是人參，我在雞湯裡加了人參，人參對病人很好，很補氣的。」恬恩連忙解釋：「你不用吃，人參的精華都在湯裡了，你只要喝湯就好。」

「莊園裡哪來這種東西？」該死的！難道她跑出莊園去買？

「我……拜託家裡用DHL寄來的。」幸好國際快捷郵包不用兩天就到了。

聞言，黑爝緊繃的神經放鬆了。

「所以這湯是妳做的？」

「嗯……」

他注視著她良久，「謝謝。」

她搖搖頭，小小聲的說：「我希望你快點好起來。」

他的心一暖，唇角再度微微上揚。

喝完了雞湯，恬恩收走小几，替他放平了枕頭。

「你再躺一會兒，」她叮囑著：「要側躺。」

「我已經躺五天了，現在哪裡還躺得住？倒是妳，」他審視她蒼白的小臉，和眼睛下的暗影，「妳才應該睡一下。」

「我沒關係，我一點也不累。」

「上來。」他挪出身旁的床位。

恬恩的小臉紅到炸開，耳朵紅得宛如會滴出血來。

「妳怕我嗎？」黑爝低問。

她很快地搖頭。

「你幾乎為我送了命，我還怕你什麼呢？我怕的是自己不小心碰傷了你。」

他深深凝視著她，「但是，我想要抱著妳。」

恬恩心跳了一下。

他對她坦承，真切的坦白，沒有閃躲，沒有矯飾，不耍花樣。不知道為什麼，這令她為之動容。

恬恩脫掉鞋子，爬上他的大床，側身躺在他的身邊。

他伸出手臂，環住她的腰，拉近自己，享受兩人靜靜依偎在一起的甜蜜。

「恬恩，有件事我希望妳能明白——」他的下巴靠著她的頭頂，閉上眼睛低語著：「不管我為妳做什麼，那都是我心甘情願，妳不需要為了報恩或是內疚而接受我。」

恬恩聽了他的話，沉默了好久。

半晌後，她忽然像蟲一樣蠕動，躺到跟他一樣高的位子，捧住他的臉，感受著他落拓的鬍碴刺著掌心的麻癢，與他眼對眼地相視著。

「你是說，我不需要為了你送我藍月玫瑰而愛上你嗎？」

他僵了一下，仍是回答：「是的，不需要。」

「所以說，我也不需要因為你捨身救我而愛上你囉？」

「是的，不需要。」

然後，她笑了。

「那麼，你可以放心了，」她在他乾裂的唇上輕輕一吻，「因為，愛你也是我心甘情願。」

驀然間，一種深愛到極致的感動，竟使他雙眼矇矓，泫然欲泣。這樣的悸動，使他只能緊緊抱住懷中的人兒，使勁咬緊牙關，不讓眼淚落下。

可能嗎？他終於等到她的愛。

在愛情裡，不存在掠奪，不存在征服，不存在權謀與角力。

愛，就只是愛。

經過那麼長時間的摸索，或許這一次，他終於做對了。

她居然……睡著了?!

天啊！有像她這麼不盡責的看護嗎？

當恬恩醒來，發現日落西山，房間籠罩在一片舒適的微暗中，而床的另一側，理應乖乖躺在床上休養的黑爝竟然不知去向。

「黑爝？」她在床上驚慌地喚著：「黑爝？」

「我在這。」

恬恩回頭，看見他從浴室裡探出頭。

「我需要盥洗。」

恬恩吃驚地張大嘴巴，連忙下床，連鞋也沒穿就奔過去。

「可是……你的傷口還不能碰水啊！」

「我擦澡，刮了鬍子。」他一身清爽的從浴室走出來，順手打開房間裡的燈。方才他是不想讓光線吵醒恬恩，所以才沒開燈。

見他頂了頭濕髮走出來，恬恩又是一陣低呼。

「你還洗了頭？你應該叫我幫忙的，你眉毛上有傷……」

「對，」黑爝的眉頭皺得死緊，「我剛剛才發現，我現在成了斷眉了！」

一道傷口由眉角斜向眉骨，削掉他一塊皮。沒變成獨眼龍實在是不幸中的大幸，不過拜這道傷所賜，他這張原本就不太俊美的皮相，看上去更加淒慘了。

看見他陰鬱的表情，恬恩忽然覺得好笑。

「別擔心，眉毛會再長出來的。你很在意外表嗎？」就她看來，就算變成斷眉，他還是一樣性格好看啊！

他先是怪異的沉默片刻，最後終於點頭承認。

「嗯。」

她的下巴掉下來，眼睛因為不可置信而瞪得圓圓大大的。

「真的？你會在乎外表？」

「以前沒那麼在乎，不過……」

「不過什麼？」她追問著。

這個問題，似乎令他感到有點惱怒。

「沒什麼！」到此為止，他不想再討論自己的外表。覺得有些渴，他走到小几旁，倒了杯水，一口仰盡。

但恬恩實在太好奇了，忍不住要追問下去。

「為什麼？為什麼你以前不在乎，現在卻在乎了？」

「妳沒別的事情好說了嗎？」

「到底為什麼嘛？我真的很想知道！」

在恬恩夾纏不清下，黑爝終於咕噥了一句什麼，但恬恩沒聽清楚。

「什麼？你說什麼？」

「我不喜歡輸！」

「蛤？輸？」恬恩的反應先是愣住，然後一臉茫然，「輸誰？」

這女人，有夠遲鈍的！黑爝別過臉，根本不想理她。

他打開衣櫃，拿出另一條毛巾擦頭髮。

恬恩想了半天，想了又想，終於被她想出一點端倪。

「難不成……你是不想輸給保羅？」

看見黑爝被說中了的惱怒表情，恬恩不知道為什麼自己有股大笑的衝動。

「你……怕輸給保羅？」天啊，這太好笑了！她笑到幾乎流淚。

「不准笑！」他火大的吼叫，把毛巾狠狠丟在地上。

「黑爝，原來你覺得自己長得不如保羅嗎？」她好詫異。他怎麼會有這麼荒謬的念頭呢？

「而且我不喜歡你們站在一起的樣子。」

「什麼意思？」她沒聽懂。

「看起來……」他陰鬱地背過身去，「很登對。」

笑意自恬恩的唇邊隱去。

忽然間，恬恩搞懂了黑爝心裡的芥蒂──他不喜歡自己現在的外表，是因為他覺得自己輸給保羅，保羅和她站在一起時，看起來比較相配！

她笑著輕嘆，「黑爝，你怎會這麼想？你完全不需要介意那種事……」

「我就是介意！」他氣惱的表情，就像一個固執的小男孩，「別告訴我妳沒發現，有眼睛的人都看得出來──他長得不算難看！不止如此，他還擅長音樂，他對藝術，射箭，運動樣樣精通，那傢伙甚至會作詩！你們倆有共同的光明特質，今天下午，你們坐在草地上，他彈吉他給妳聽，逗妳開心，你們看起來……就像天造地設的一對。」

聽完這些話，恬恩終於明白，為什麼黑爝今天下午會反常的暴躁，甚至蠻橫地動粗。

「這真是好心的建議，原來保羅有這麼多優點，那麼我應該選擇他囉？」

聽見她這麼說，黑爝的臉已經黑一半了。

「不知道保羅走了沒有？現在去告白還來不來得及？」

「妳——」

黑爝受不了的轉過身，卻發現恬恩極力忍笑的表情。

「可惡。」他被耍了。

她笑著拉他在椅子上坐下，拾起被他丟在地上的毛巾，開始幫他擦頭髮。

他開始放鬆身體，感受她為他擦頭髮的溫柔，聽著她用軟軟的嗓音說話。

「天啊，黑爝，你怎麼會認為我會選擇保羅呢？」

「……」他答不出來。

或許在他的潛意識中，他覺得她適合更好的對象，所以感到莫名的自卑。

「保羅很俊美，」恬恩中肯地說著，而且確定世上所有的女性同胞都會贊成她的話。「他比我所知道的任何明星都要俊美百倍，難得的是，在他俊美的表相下並不膚淺。」

「哼。」

恬恩不確定她聽到的是「哼」還是「嗯」，不過她繼續說下去。

「可是當你愛上一個人，你所愛的人，就會成為世上最特別的人，就算他不是世界第一帥，就算他不會彈琴，不會作詩，或者對藝術一竅不通，你也會覺得，他就是……」

「就是什麼？」黑爝追問。

恬恩微微一笑。

「他就是你的天堂。」

「恬恩……」

他發出一記呻吟，將恬恩拉到腿上，給她一記長長的吻。

第七章　回歸

黑爝沉醉在她柔軟的雙唇中，呼吸親暱地交融。

他放肆地探索她貝齒的邊緣及濕滑的口腔內部，熟練地挑撥她，引誘她，與她深深交纏。

他熟悉她，熟悉這醉人的甜蜜，迷戀她每一個細微的反應。

當他碰觸她，指尖下她肌膚的柔軟，那不可思議的細膩，使他的心化成了水。

他想要愛撫她，靠近她，讓鼻間充滿她的味道——混合著乳香及花香的香皂的氣味，以及略帶玫瑰的芬芳。

他已不是少年，卻用著一種近似於少年般盲目的狂熱與深愛，全心全意地渴望

著她。

恬恩被他吻得嬌喘微微，當他撤開時，看見她睜開迷濛的眼眸，如小鹿般無辜，水光瑩瑩。

他的大手捧起她酡紅的容顏，深邃的眼眸深深地望住她。

「我想要妳。」

那赤裸的慾望，使她的臉更紅了。

「……嗯。」

幾乎是才一點頭，他的吻便再度壓了下來。

恬恩閉眸，感覺世界再次傾覆與震盪。

他的吻飽含著不容錯辨的激情，挑逗著她生嫩的感官，他身上有種好好聞的氣味，令她迷醉。

他的唇遊移至她貝殼般的耳，輕輕吮弄她的耳垂，大手隔著一層衣物，撫弄她纖細的腰肢與誘人的渾圓。

當他的手緩緩而下，探入她的裙底，恬恩輕嚶一聲，黑爝感受到她些微的緊繃。

「別怕。」

他在她耳邊低喃著愛語，放任自己的手指更加深入，探索她最幽微的秘密。

「黑爝……」她雙眸緊閉著，羞澀得不敢睜開眼睛。

恬恩在他的撫弄下嬌吟著，喘息著，那陌生的感官慾望，像洶湧的浪潮席捲而來，使她發出無助的輕顫。

他沉溺在撩撥她的感官風暴中，酣暢她所有的輕顫與嬌吟，飽覽她的生澀與無助，直到她發出承受不住的泣吟，緊繃的身子如斷線般的木偶般癱軟下來，方才罷手。

她無力地喘息著，雪白的額際沁出細微的汗珠。

黑爝打橫抱起嬌弱無力的她，將她放在大床上，跪坐在她的上方，兩三下便除去身上的罩袍。

迷濛的目光中，她看見了全然赤裸的他。

他的軀體美得驚人，堅實的體魄有如遠古的天神，又如同古老的傳說中，那優雅又充滿力量的男獸。

「恬恩，」他低頭望著身下的她，那火熱的注視，使她像是著了火，「這一次是真的了。」

他傾身覆上他，一手捧住她的小臉，沿著頸側舔吻而下，另一手則探到她的背

後，拉下連身洋裝的拉鍊，輕易的便除去她的衣裳。

待恬恩發現自己的衣服被除去，不由倒抽一口氣，下意識的便想要去遮掩。

「不……」

但他卻一手擒握住她的雙腕，高高地舉至她的頭上，他火熱的目光緩慢地瀏覽過她的嬌軀——

瑩白的嬌軀，被他誘哄出動情的粉紅色豔澤，在雪白的床單上，她的膚色有如籠罩著一層粉色光暈的珍珠。

男性的目光裡，透出一抹深沉的滿足。

只著貼身衣物的恬恩，羞得幾乎不敢抬起頭來。

不忍見她抖得像隻無助的小動物，他輕嘆一聲，憐惜地吻上她。

恬恩迷失在他的熱吻與撫觸中，任由他帶領自己體驗那未曾有過的歡愉。

在難耐的火熱中，恬恩無助地仰起小臉，身子彷彿背叛自己一般，不受控制地給予他一切的回應。

有如膜拜一般，黑爝以自己的軀體、手與唇舌熱愛她的全身，除去兩人之間所有的隔閡，不容任何物事擋在他倆之間。

他的吻在她的全身逡巡一周後，再度回到她的頸際，在她敏感之處細細品味，

帶給她一波又一波的顫慄。

「恬恩……」他埋首於她的頸窩處，啞聲低語：「從我第一次見到妳，我就發狂般的愛上妳，妳知道嗎？」

在渙散迷離的神志中，她幾乎無法給予他任何回應。

他分開她，置身於她的溫潤之間。

他確認她已足夠濕潤，能夠承受兩人的結合。

「恬恩。」黑爝忽然輕柔地喚她。

「嗯？」

「看著我。」

當她望住他的瞳眸，有如黑色蛋白石般神秘迷人，恍然間，她彷彿看見了奧秘的宇宙。

然後，他注視著她，將自己推入她之中。

她痛呼一聲，指甲陷入他的臂肌裡。

黑爝的眼色一黯，他知道弄痛她是無法避免的後果，儘管她的身體已準備好，但仍是難以接受他的巨大。

他咬緊牙關壓抑著，按兵不動，額上佈滿自制的汗水。

他吻著她，在她耳邊輕喃著安撫的語言，分散她的疼痛，直到她緊蹙的眉頭鬆開，他才開始嘗試律動。

寂靜的宇宙中，開始有燦爛的煙火，世界彷彿旋轉了起來。

「啊……」恬恩嬌聲囈語著。

她的身體逐漸適應他的存在，疼痛變成遙遠的記憶。

黑爝終於開始放縱自己，不再顧忌什麼。

他佔有她的方式，一如本性中的狂霸，不留絲毫餘地。

他已經等待得太久，無法再壓抑什麼，他抬起她無力的腿，勾在自己腰間，更加深入她的領域，不容躲避。

進入，撤出。

迎合，交纏。

狂野的進犯。

就是這樣！也必須這樣！

只有用這樣的方式，他才能相信她已經回到他的懷裡，不再是一個人如孤魂般飄蕩。

烈火般的激情，使他的胸膛如風箱般鼓動。

「寶貝，跟上我。」

恬恩無助地攀住他的後頸，任他帶著她奔馳，投入那絢爛的火燄。

「嗯……嗯……」一聲聲嬌吟失控地逸出，那嬌媚如絲的聲音，如同撒嬌的小貓。

她從不知道自己竟會發出這樣的聲音，令她不禁羞紅了雙頰。

這剎那，她忘了自己是誰，他的懷抱就是她的天地，被他灼熱的體溫與熱愛的氣息所包圍。

恬恩所不知道的是，不管在多麼激情的時刻，他始終不曾閉眸。

他用自己的雙眼，執著地凝睇她的容顏，捕捉她所有的嬌媚。

歡愉不斷地堆疊，強烈的快意超出她的臨界點，恬恩顫慄地弓起身子，被爆發的情慾所淹沒——

「黑爀……」她顫聲泣吟著。

她已經承受不住，但他還不肯收手，他所要的，遠遠多於她所能承載的極限。

「黑爀……」她在枕間無助地搖著頭，水眸中盈著可憐的懇求。

為了憐惜她是初次，他不得不適可而止。

他咬牙衝刺著，低喝一聲，在某個適當的時刻，尋求暫時的釋放。

吐出一口氣，他抱住無力的恬恩，翻身為側躺。

在他的懷抱中，她不住嬌喘著，全然的虛脫乏力。

不知道為什麼，她柔弱憐人的模樣，使他有種莫名的滿足。

情思昏昧。

恬恩雖閉著眼睛，卻也分不清自己是睡是醒。

黑爝的存在感太過強烈，即使是淺眠中，也無法不意識到他的輕吻與碰觸。

待她的精神稍微回復一些時，他再度分開她的腿，輕易地滑入她之中。

她倒抽一口氣。

「不要……」她啜泣著，淚光盈盈。

「乖，再一次。」

他擺布著她，半是凌虐半是愛憐。

恬恩無法思考，再次迷失在他挑起的感官刺激裡。

他凝視著她，看入她的掙扎與沉醉，無邊的愛意在他胸口蔓延。

他是如此為她癡狂。

無論要重來幾次，他都會選擇愛她。

上天入地，時間與空間也不能阻擋他。

一個男人能有多愛一個女人，他就有多愛她。

為了她，他甚至甘犯天上所有的罪。

第三次的時候，恬恩終於承受不住地哭出來，她的身子已敏感到最極致，再禁不起絲毫刺激。

「再一次就好，嗯？」

再一次，再一次就好。

他總是這麼說著，卻一再食言。

臥房裡，春情濃烈。

他不停地深吻她，如惡魔般誘惑她，糾纏她，直到她在他的懷中融化。

他對她永遠也無法饜足，一如愛意無止無休。

他曾以為他已永遠的失去她，如今失而復得，她再度回到他懷中，他無法克制自己需索她，分別太久，他需要填滿心中的空白，餵飽心中那隻飢渴的獸。

在數不清多少個「再一次」之後，他終於意識到自己的極限。

「啊！」在爆發般的吶喊後，他終於宣洩所有的慾望。

恬恩抽搐顫慄著，在汗與淚中耗盡氣力。

幾乎是在黑爝抽身而退後，她就立刻睡著。

他把她累壞了。

黑爵憐愛地撫摸著她汗濕的沉睡容顏，心裡有些許愧疚。

她是初次，他應該多顧慮她一點，但是當她躺在他身下，嬌吟著，低泣著，露出醺然欲醉的朦朧美態，他如何克制得住？

他凝視著她的睡顏，感覺到心靈與身體的雙重滿足。

「我愛妳。」明知她聽不見，他還是要說：「不管世界如何變遷，這件事永遠不會改變。」

跑！快跑！

不敢回頭，不敢停留，她知道她已經被盯上。

她嗅到了恐懼的氣味。

她奔跑著，風兒撕扯著她的長髮，衣裙被高高低低的枝椏勾破了，但是她不能停，甚至不敢慢下腳步。

她幾乎可以感覺到，那令人恐懼的身影帶來絲絲寒意，熾熱的吐息吹拂在她頸後。

驚懼的淚水在眼眶聚集，她知道自己躲不過，她就要像被逼到牆角的小獸，成為他的囊中之物！

不！不要！

當她感覺到一隻大掌扣住她的腰間，爆發的恐懼使她發出尖叫。

「啊——」

「啊——」

一縷尖叫如匕首，銳利地劃破寂靜的夜色。

黑爝猛然從床上彈坐而起，打開床邊的小燈。

「恬恩？恬恩？」他捧抱起身旁的小人兒入懷，輕拍她汗濕的臉。「醒醒，恬恩！」

恬恩好不容易睜開眼，卻如溺水之人般急促的喘息，胸口劇烈起伏。

「黑爝？」她迎上黑爝關切的眼神，大眼中仍殘留著驚懼。

「別怕，妳只是作了惡夢。」他輕撫她蒼白的臉蛋，拭去她額上細碎的冷汗。

「惡夢？」

那只是夢嗎？為什麼那種恐懼那麼清晰，感覺那麼真實？

她白著臉，環抱著赤裸的自己，感覺身體仍因記憶著那驚懼而轂悚著。

黑燏緊抱著她，以一雙強健的手臂，緊緊地將她揉入胸膛裡。

直到那波顫慄過去，黑燏走下床，倒了杯水給她。

「喝點水。」

她順從地接過水杯，喝了水後，她似乎平復許多，臉上也慢慢有了血色。

「有沒有好一點？」

她點點頭，勉強扯出一抹笑。

黑燏再度上床，抱住她，輕吻了下她的額角。

「別怕，我在這裡，沒有人會傷害妳。」

他的話，使恬恩的心裡流過一股暖意。

「我知道。」

恬恩閉眸靠在他寬闊的懷裡，聽著他規律而有力的心跳聲，在他的擁抱中，可怕的夢魘彷彿逐漸遠離。

黑燏不言不語，就這麼抱著她，享受著兩人之間無言的親近。

就算像現在這樣什麼也不做，他也覺得心情很好，就這麼相擁到天荒地老也無

妨。

「離天亮還有幾小時，再睡一會，嗯？」

她無力地搖搖頭，「你睡吧，我睡不著。」

剛作了惡夢，她還心有餘悸，無法入眠，就怕一躺回去，又作了那惡夢的續集。

黑爝想了想，做了個決定。

「等我一下。」

他披了浴袍下床，走向浴室，片刻後，她聽見水流的聲音。

水流的聲音持續了好一陣子才停止，黑爝再度走出浴室，不由分說的將她從床上抱起。

「怎麼了？」恬恩不明所以的抱住他的頸項。

他抱她進浴室，看見浴缸裡已放了水，還加了泡泡浴精。

然後，在她訝異的目光中，他將她放入溫度舒適的浴缸裡。

他的意思很清楚：他要她放鬆的泡個澡。

恬恩笑了，她捧起泡泡聞了聞，渾然不覺鼻頭上沾了一抹雪白。

「這浴精是什麼香味？」

這可難倒了黑爝，他從沒想過這個問題，他只負責用，而且還不怎麼常用。

他拿起泡泡浴精的罐子，讀著上面的文字。

「馬鞭草，接骨木，雪松……」他說。

「呵，」在熱水氤氳中，雪白的小臉被蒸得粉漾，「原來這就是你的味道。」

黑爝順手拿了條毛巾，為她擦了擦臉。

這時，他注意到她的身上處處是他留下的吻痕，這說明了他有多麼投入與放縱。

恬恩一直笑咪咪的看著他，看得他黝黑的臉都有點發紅。

「有沒有好一點？」

「有。」

「我是說……我有沒有弄痛妳？」

想起稍早之前，那有如狂風暴雨般的纏綿，她赧紅了雙頰。

「有一點，」她低下頭，不好意思看他，「不過，你很顧慮我的感受，讓我有……深深被愛的感覺。」

「恬恩……」他扣住她的雪頸，拉向自己，忍不住再一次親吻她——但這回他只敢淺嚐，不敢深入。

直到恬恩泡紅了一身肌膚，黑爀將她從浴缸中抱起，用另一件浴袍裹住她。

他的浴袍穿在她身上非常可笑，長度甚至拖地，完全不利於行走，不過無所謂，反正黑爀也不讓她走，他包辦一切。

他將她抱回床上，泡了澡後，恬恩全身溫暖且舒適，慵懶且鬆弛。

「睡吧！」黑爀擁著她低語著。

恬恩打了個小小的呵欠，依偎在他懷裡，滿足地像是擁抱著天堂，朦朧地入睡了。

但恬恩所不知道是，黑爀將天堂送到她的面前，同時也啟動了記憶的鎖鑰，召喚出一段最黑暗的記憶——

一個地獄之夢。

「她已經答應我的求婚。」

「哦？」

「一個月後我們會在莊園裡舉行婚禮。」

「恭喜啊。」

面對阿波羅的祝賀，黑燏卻沒有絲毫愉快的神色。

「黑帝斯，你的樣子，看起來實在不太像是快樂的準新郎。」阿波羅今天打扮得超休閒，花襯衫加海灘褲，腳踩人字拖，大量裸露出他金光閃閃的古銅膚色與肌肉，將墨鏡推到頭頂，正在享受他「指定」要搭配服裝所要喝的夏威夷熱帶果汁。「一旦你們結婚，你就可以將她帶回冥界，從此高枕無憂，這不就是你想要的嗎？」

「事情沒那麼簡單。」黑燏的表情有些煩躁。

「怎麼說？」他咬著螢光綠，捲成螺旋狀的吸管，好奇地問道。

「最近恬恩老作惡夢。」

「惡夢？」阿波羅忽然賊笑了起來，「嘿，該不會是婚前恐懼症——」

阿波羅話未說完，就被黑燏狠瞪一眼。

他立刻恢復正常。

「作什麼惡夢？」

「她一再夢到有人在夢裡追她，她在夢裡跑得心力交瘁，然後尖叫著醒來。」

「就這樣？」阿波羅皺了下眉，「這情況多久了？」

「已經十天了。」黑燏陰沉地說。

這十天來，恬恩消瘦了一大圈。

一整夜重複作同樣的惡夢好幾回，直到她尖叫著醒來，就算有他陪著，她也無法好好入睡。

看見她飽受折磨，他更不好過。

阿波羅陷入沉思。

「夢非斯……」

黑爝銳眸一瞇，「你也覺得是他搞的鬼？」

「我不覺得這是巧合。一連十天作一樣的夢，除了他還有誰能辦到？」

阿波羅的猜測，讓黑爝沉下臉。

「我以為我打破夢境，將恬恩從夢境裡救出來後，他再也不能騷擾她。」

「如果那個夢境，只是個幌子呢？」阿波羅把杯子底的鳳梨片挖起來吃。

「什麼意思？」黑爝猛地轉過頭來。

「黑帝斯，難道你不覺得奇怪？我之前就一直納悶，為什麼夢非斯要大費周章的介入你和恬恩間的事，這與他有何相關？」

黑爝冷冷一笑。

「夢非斯與他的孿生兄弟，早就想取代我成為地府之王。」

睡夢之神與死神這對孿生兄弟，早就懷有異心，他們想統治整個冥界，除非瞎了才看不出來。

但阿波羅卻大搖其頭。

「想取代你，當初就不該讓你從夢境中生還，或者他乾脆將恬恩囚在別人的夢境中豈不更快？如此一來，你為了找回她，必須在不同的夢境裡穿梭，疲於奔命，簡簡單單就可以把你困在裡頭幾十年、幾百年，用這種方式整你不是更乾脆、更輕鬆？為什麼要留一個破綻，好讓你把恬恩救出去，這麼做不是很多此一舉嗎？再說，用一連串的惡夢騷擾恬恩，對他來說有什麼好處？」

夢非斯到底意欲為何？阿波羅真的想不透。

「嗯……總之我覺得很不對勁。」阿波羅吸光了最後一滴果汁，順便打了個滿足的飽嗝，將杯子還給在一旁應侍的女僕，順帶拋去一個老少咸宜的笑容，滿意地看見女僕兩頰飛紅。

「恬恩。」黑爝忽然低語。

「什麼？」阿波羅一愣。

「他的目標，或許是恬恩。」

阿波羅猛拍了一下手。

「你是說他想取代恬恩當你的王后？」

黑爝一記狠眼掃來，阿波羅苦笑著舉起雙手做投降狀。

「矮油～～開開玩笑嘛！幹麼那麼認真。」

「恬恩飽受惡夢侵擾，我沒有心情跟你說笑！」黑爝低吼著。

「抱歉。」阿波羅可以了解他的心情，「如果照你說的，他的目標是恬恩……這邏輯上是說得通，可是他這麼做的用意是什麼？統治冥界的是你，有實權的也是你，對付恬恩有什麼意義？」

「是沒有。」

阿波羅雙手一攤，「死巷。」

黑爝擰緊濃眉，許久不說話。

「阿波羅，如果夢非斯的目的不是奪權，那他要的是什麼？」

「他想要恬恩？」阿波羅隨口亂猜。

「如果他要恬恩，她在台灣時就可以將她帶走。」根本不必等到現在才出手。

「對噢，而且那個冷血無情的傢伙，幾千幾萬年來老是獨來獨往，也不太可能說轉性就轉性，忽然對別人的女人產生興趣。」阿波羅抓了抓微鬈的亂髮，「啊啊～～我想不出來！」

兩人對坐無言。

「黑帝斯，我在想……你要不要乾脆把婚禮提早一點，免得夜長夢多？」阿波羅建議著：「只要恬恩與你完婚，你就可以將她帶回冥府，在那裡，沒有人動得了她分毫，而且當她脫去凡身回歸冥后的本相後，夢非斯對她使的那些骯髒的小把戲就完全沒用處了，畢竟那種連續作惡夢的賤招只對凡人才管用。」

黑爵沉默不語。

清風拂面而來，夾帶著一絲來自北方的寒意。

夏天就要結束了。

第八章　女神

晚餐時分，黑爝與恬恩一如往常地對坐用餐。

「恬恩，我想將婚禮提前。」

「提前？」恬恩一愣。

「提前兩週。」黑爝說出他的決定，「我已經寄了機票，妳的家人很快就會來到莊園，參與妳的婚禮。」

「為什麼？」

「妳不願意？」他的眼色一沉。

「不是不願意……」她垂眸，「只是不明白為什麼要這麼急。」

打從一開始，他們交往的節奏就好快。

相識一週他就向她求婚。

不到兩週她就將自己給了他。

才一個月他就開始著手準備婚事。

她並不是不受黑熾吸引，但回想起來，還是覺得這一切快得有如乘上雲霄飛車，這段戀情來得太快也太順遂，彷彿不像是真的。

他的大手，忽然橫過桌子，覆住她的柔荑，打斷了她的思緒。

「因為……我想要早一點擁有妳。」

不知道為什麼，恬恩覺得黑熾說的不是全部的實情。

「但你已經擁有我了。」她對他說。

「還沒有，還不夠……」他忽然起身，來到她的身邊，蹲在她的面前，然後捧住她脆弱細緻的容顏，雙眼緊瞅著她的明眸，「我要妳的人，妳的心，還要用神聖的誓約，讓妳完全屬於我！」

他莫名的佔有與執著，使恬恩不明所以地一震。

她似乎聽出了，那藏在話語背後的恐懼。

「黑熾，你覺得我會離開你嗎？」

黑爝回視著她的眼眸，無所動靜。

恬恩反手握住他的大掌。

「黑爝，這就是你擔心的嗎？」

「沒有這回事。」他斷然否認。

「不知道為什麼，我總覺得你的心底有一種恐懼，這種恐懼驅策你去追逐，在你還未完全得到之前，你無法停止。」

「……」黑爝默然。

「你在追逐什麼？你在害怕什麼？告訴我，讓我為你分擔。」她覆上他貼在自己頰上的手，望住他輕柔說道：「我就要嫁給你為妻了，我希望我們可以分享的，不僅止於有形的東西，我也希望分享你的快樂和憂慮，我不要只是待在你為我準備好的舒適生活裡，我是你的妻子，你對等的另一半，我不想要坐享其成，也不想成為你的負擔。」

他輕嘆一口氣，大手滑至她頸後，猛地將她拉入懷中。

「恬恩，我沒有在憂慮什麼，而且妳也不可能是我的負擔。」他輕撫她的髮絲說道。

「……是嗎？」

「恬恩，我愛妳，我娶妳為的是讓妳擁有最好的一切，這也就是為什麼我不要妳為我的事煩惱。」

聽起來，似乎沒有比這更好的事。

黑爝娶她為妻，他會給她最好的生活，毫無保留的愛情，她只需要接受那些美好的部分，受他的庇護與照顧，養尊處優；至於其他的部分，都與她無關，她不需介入，也不需過問。

換作是別人，可能會開心地接受，但恬恩卻覺得有股莫名的失落。

「是嗎？我知道了。」她勉強揚起一抹笑容，但卻顯得如此牽強。

那一頓飯，兩人各懷心事，格外沉默。

夜晚，在恬恩的房中，黑爝要她要得特別狂野，直到她承受不住地啜泣。

無法訴諸於口的，只好訴諸情慾。

他望著她倦極入睡的容顏，心疼她眼角的淚，以吻拭去。

只能這樣……暫時。

目前他還無法對她坦承，因為他承受不起任何失去她的可能，但一等婚禮結束後──

他會親口告訴她所有的一切！

好沮喪。

昨晚的事，恬恩仍耿耿於懷。

直到今天恬恩才發現，她和黑爝的想法有著天差地別外加溝通不良。

這可以說是戀情進展得太快的副作用嗎？

忙完了花房的例行公事，恬恩坐在一旁的籐椅上嘆息。

自從那回發生原因不明的爆炸後，花房的玻璃已重新換上，裡面的工作枱與園藝器具也都重新添購，現在看起來又和簇新的一樣。

幸好，那次的爆炸竟然奇蹟地沒將藍月玫瑰夷為平地，真是謝天謝地。

「這玫瑰的顏色真罕見。」

聽見有人說話，恬恩嚇了一跳，連忙站起身。

那是一個約莫三十歲的女子，她的衣著有些奇特，一襲單肩的希臘式白袍，藍眼白膚，容貌帶著古典之美，鬈曲的深金色頭髮如藤蔓般披散在身後，手腕上戴著一只古樸的木環，那木環好眼熟，彷彿曾在哪裡看過。

她是何時來的？她竟然沒聽見半絲聲響。

「也只有妳能種出這奇蹟之花。」她微笑著說。

恬恩忙搖手，「不，這不是我種的……」

那名女子只微微一笑，也不反駁，逕自傾過身去嗅著藍月玫瑰的花香。

不可思議的是，當她觸碰到玫瑰，含苞的花兒立刻開放，就連她周遭的葉子，腳邊的草地，都像是亟欲親近她似的伸展，看起來特別繁茂。

恬恩驚訝地看著眼前的一切，不敢相信自己的眼睛。

「好久不見了。」她含著笑，唇角帶著些許輕顫。那抹笑意是如此複雜，並存著快樂與感傷。

恬恩不曾見過她，為什麼她打招呼的方式，像是熟悉的故人？

「妳不記得我了？」她棕色的眼眸裡，掠過一抹深深的憂傷。

「妳是……」

她驀地往前一步，伸指點向恬恩的眉心。

她按住額頭，感覺頭部脹痛。

痛，好痛！

零碎的片段，忽然自她的腦中閃過——

「求求你，讓我回去，讓我回去！」

「放我走！我不要住在淒冷陰暗的地底，我也不願成為你的新娘！」

一個接一個陌生的畫面，彷彿解禁似的自恬恩的腦海中躍出。

那是什麼？

是幻想？還是記憶？她完全分不清，想要抗拒，卻無從施力。

看著恬恩痛苦地縮起，渾身顫抖，她含著淚將恬恩抱入懷中。

「快想起來吧，孩子！」

恬恩無法回答，下一秒，她像是再也負荷不了，暈了過去。

在遙遠的時光長河中，某一個風光冉冉的春日。

燕子剪開了春色，流瀉一地濃綠。

遠山含碧，連湖岸也透著黛綠。

春回大地。

熬過了漫長的冬天，新芽從地底探出頭來，連鳥兒與蜂蝶都迫不及待地出遊，在花木間飛覓著。

水泉邊，珀瑟芬和女伴們拎起裙襬，赤足踢著冰涼的泉水嬉戲著。

「嘿，看招！」

「別鬧！」被潑了一身濕的女孩不甘心的反擊，「可惡，看我的！」

水花四濺，在陽光下，彷彿無心灑落的碎鑽，閃動著誘人的光華。

女孩們笑鬧著，聲若銀鈴，輕快地在原野間飄盪。

玩夠了，她們頭對著頭圍成一個圈，在柔軟的草地裡躺下，享受春陽的洗禮。

「好舒服……」

「我最喜歡春天了，真不懂為什麼不能讓天天都是春天？珀瑟芬——」

「嗯？」被點名的珀瑟芬漫應著。

「去拜託妳的母親，讓世界四季如春吧！」

珀瑟芬瞠眸，「這怎麼可以？」

「為什麼不行？她是掌管四季的女神。」

「對呀！去拜託妳母親嘛！」另一個聲音附和著，「難道妳不喜歡花兒四季皆綻放？妳不希望草木四季常綠？」

珀瑟芬搖搖手指。

「我的母親是農耕女神，她運轉四季是為了讓世界生生不息。正如大地需要春天，讓萬物復甦，需要夏天，讓萬物繁盛，需要秋天，讓穀物收藏，需要冬天，讓

大地休養——這是宇宙運行的規章。」

她的回答，讓所有的女孩都嘆息。

「珀瑟芬，妳真是個沒情調的小古板。」有人冒出這麼一句。

「什麼？」她佯怒地鼓起臉頰。

「沒情調的小古板。」女孩促狹地又重複一次。

「妳再說一次！」她翻身而起。

「啊哈哈哈～～來抓我呀！」

女孩們在草地上追逐笑鬧，裙子在小腿間擺蕩，有若人間的雲彩。

忽見天空烏雲密佈，遮住了太陽。

「啊，天色暗了，要下雨了。」

「快找個地方躲雨！」

「不……不是要下雨，」一個女孩用顫抖的聲音說著，同時指了指腳下，「妳們看！地面……在震動。」

難道是地震？

女孩們驚懼起來，感受到越來越劇烈的震動。

在劇震中，地層忽地陷落，大地被撕扯開來，縱裂成深溝。

深溝中，駛出一輛由四匹黑馬拉著的戰車，駕車者身披黑色長袍，一手持著韁繩，一手握著權杖。

「不好，是冥王黑帝斯！」

「快跑！」

在尖叫聲中，女孩們如受驚的小鹿般，張皇失措地奔逃。

珀瑟芬在慌亂中，絆到了突出的樹根，重重地跌了一跤。

「好痛！」

這一跌，使她與女伴們離了群，沒有人注意到她獨自落單。

她忍痛爬起，卻發現那道深溝截斷了她的去路，她無法越過那深溝與女伴們會合，只好換了方向奔逃。

跑！快跑！

不敢回頭，不敢停留，珀瑟芬知道自己已經被盯上。

她嗅到了恐懼的氣味。

她奔跑著，風兒撕扯著她的長髮，衣裙被高高低低的枝椏勾破了，但是她不能停，甚至不敢慢下腳步。

隆隆的馬蹄聲就在她的身旁，她幾乎可以感覺到，那令人恐懼的身影帶來絲絲

寒意，熾熱的吐息吹拂在她頸後。

驚懼的淚水在眼眶聚集，她知道自己躲不過，她就要像被逼到牆角的小獸，成為他的囊中之物！

不！不要！

當她感覺到一隻大掌扣住她的腰間，爆發的恐懼使她發出尖叫。

「啊——」

在激烈的抗拒中，黑帝斯一把將珀瑟芬抱上車。

在陽光逐散烏雲之前，來自冥府的帝王回到了地下。

大地再度恢復了原樣，彷彿剛剛什麼也不曾發生。

「放我走。」

背對她的魁梧身影默不作聲。

「求求你放我走！」珀瑟芬哭著拉扯他的手臂，他卻冷漠抽離。

這裡是冥府，陰森而華麗，由各種大理石所砌成的城堡，宛如一個巨大的棺槨，令人不寒而慄。

冥王黑帝斯坐在那把由骷髏堆疊而成的王座上，沉默地喝著葡萄酒，一雙炯炯雙眸緊盯著她失色的面容。

這是她第一次親眼見到黑帝斯。

若說阿波羅是光之子，那麼黑帝斯就是暗之子——他有一頭鴉羽般的烏黑髮絲，黑色蛋白石般的雙眸，刀鑿似的剛稜面容欠缺表情，當她望著他，猶如望進無盡的黑暗，令人感到詭異的恐懼。

黑帝斯是三大天神之一，主宰整個冥界，掌控著萬物的生與死；他是恐懼之神，亦是財富之神，地底下蘊藏的天然寶藏全歸他所有。

一個鬼模鬼樣的女僕送上豐盛的餐點，但珀瑟芬看也不看。

「放我回去。」雖然怕極了，但她一再重複著同樣的要求。

終於，黑帝斯答覆了她。

「不可能。」

「為什麼？」她快要崩潰了。

「因為，」他眯起眼眸，慢慢地說：「妳將成為我的新娘。」

成為冥王的新娘?!

珀瑟芬因為太過震驚而渾身僵直，心跳差點停止。

「不！我不要！」她哭著奔過去捶打他，「我不要住在淒冷陰暗的地底，我也不願成為你的新娘！」

她憤怒的攻擊，對他而言卻有如蜻蜓撼柱，完全不痛不癢，只是有點惱人。

黑帝斯眉心一蹙，抬手一擋格，她便失去平衡，狼狽地摔倒在地。

看著她跌坐在地上痛哭失聲，黑帝斯的心中浮現出一種莫名的情緒，那情緒像隻無形的手般揪著他的心，令他無端的煩躁。

「沒有我的允許，妳別想離開冥府。」

丟下這句話，他拂袖而去。

冥府無日月，千年如一日，一日如千年。

陽光透不進深黝的地底，在這裡，一年四季皆不見天日。

珀瑟芬是農耕女神之女，她與母親一同生活在陽光普照的原野，這種見不到陽光的日子幾乎令她崩潰。

「放我出去……」

被帶至冥府的珀瑟芬，最初天天以淚洗面，直到眼淚流乾了為止，她的請求都得不到黑帝斯的回應。

案。

黑帝斯天天都來看她，但對於她要離開的要求，除了「不」以外沒有第二個答案。

他沒有碰她，還沒有。

珀瑟芬認得出他眼底的慾望，初時她如同驚弓之鳥，稍有動靜便不敢入睡，就怕他會對她動手——但他什麼也沒有做，他與宙斯很不一樣。

難道她再也無法離開冥界，再也見不到母親了嗎？

一思及母親，想到她會怎樣的自己擔心，她便忍不住哭泣。

黑帝斯常看見她的眼淚，他以為自己看久了就會麻木，但她的眼淚卻一次比一次更令他難受。

他的手指剛觸上她的臉頰，珀瑟芬便驚恐地縮到牆角。

「不要碰我！」明明她全身抖得像是落入陷阱的兔子，卻還是勇敢地與他對抗。

他收回手，專注地凝視著她。

他的目光是那麼投入，專一，她甚至可以在他的瞳仁中，看見自己的倒影。

「放我回去，求求你！我相信一定有更美的女神比我更配得上你——」

黑帝斯打斷她。「我只要妳。」

她痛苦地閉眸，「為什麼是我？」

「從很久之前，第一次看見妳和妳的朋友在水泉邊遊玩，我就發狂的愛上妳。」他執著地凝視著她，一瞬也不瞬，「我想要妳，我只要妳做我的新娘。」

珀瑟芬感到驚訝。

她一直以為黑帝斯將她帶回地底，只是因為她來不及逃走，抓到誰就是誰，沒想到根本不是如此……

這一切都不是偶然。

她忽然有種預感——她可能再也走不出冥府了。

珀瑟芬在冥府受到極好的對待，與王后的待遇幾無差別，除了不能離開冥界以外，只要是冥王所統御之地，她都可以自由來去。

冥界沒有光照，放眼所及均是灰禿禿的一片，珀瑟芬想念原野，於是將眼淚種入冥府的土地，開成了奇蹟之花——藍月玫瑰，在幾乎寸草不生的幽冥中，這花是她唯一的慰藉，她悉心照料著藍月玫瑰，甚至與它們說話。

黑帝斯知道後，為她蓋了玻璃花房，還撥了人手照管，不讓閒雜「鬼」等靠

近。

珀瑟芬知道，這是他的心意，但她仍不肯對他稍假辭色。她終究是要走的，牽扯得太過，只是徒增困擾而已。

一日，她聽聞黑帝斯將前往奧林帕斯山，珀瑟芬知道這是千載難逢的機會，此時不走更待何時？

她取來一件黑色斗篷穿在身上，拉起帽兜遮蓋住自己的面貌，低垂著頭，一如方死的遊魂，在陰間飄蕩。

要離開冥府的第一個關卡，是冥府大門外的地獄犬，賽勃勒斯。

賽勃勒斯高逾兩尺，將大門完全堵住，三頭彪尾，牠的第一顆頭看守著死者，不令其離開；第二顆頭看守著活人，不令其進入；第三顆頭則有張流著岩漿的大嘴，並能噴出瞬間將一切焚燬的烈燄。

賽勃勒斯為百頭大海怪泰風與怪物之母艾奇娜所生，當年被海克力斯所斬殺的九頭蛇海德拉，正是牠的兄弟。天性兇惡的賽勃勒斯，若不是被黑帝斯收伏，絕不會馴化到來擔任冥府的守門犬。

當她接近賽勃勒斯時，緊張得心臟都快跳出來，她知道自己的力量絕不足以對抗賽勃勒斯，倘若被牠發現，她會被當場燒得只剩灰燼。

「神啊，請幫幫我吧！」珀瑟芬一面祈禱著，一面走向賽勃勒斯。

地獄犬盯著飄向自己的黑影，露出警覺的表情。

身為地獄守門犬，賽勃勒斯的工作並不輕鬆，一天到晚有亡靈試圖從冥界脫逃，也一天到晚有活人千方百計要將亡靈引渡出去。

當牠看見珀瑟芬企圖從牠腳下經過，喉間立刻發出警告的低咆。

「吼～～」

珀瑟芬被這巨雷般的吼聲嚇得花容失色，這吼聲也掀翻了她的帽兜，露出她的臉龐。

「噢，天哪！」她急忙要拉回帽兜遮掩已是來不及。

賽勃勒斯張開血盆大口，珀瑟芬只能帶著必死的覺悟閉上眼——

忽然間，一股濕熱的感覺襲上她的臉頰，害她差點站不穩。

她詫異地睜開眼，忽然發現賽勃勒斯居然在舔她，尾巴搖得不亦樂乎。

這是怎麼回事？她先是驚訝，既而領悟——她穿著黑帝斯的斗篷，她身上有他的味道！

這個發現，幾乎令她喜極而泣。

「乖狗狗！」她拍拍牠的巨掌，努力躲開牠的舌頭，從牠的腳下溜出冥府大

門。

成功了！

珀瑟芬幾乎不敢相信，自己竟然能活著從賽勃勒斯的面前離開。

通過冥府大門，門外是一大片灰色的草地，名喚「日光蘭之境」，這裡是亡靈進入冥府的必經之地，有無數冥界士兵看守著，也是她必須面對的第二道關卡。

珀瑟芬立刻拉起帽兜混入亡靈之中，在紛至沓來的亡靈間穿梭著，努力不引人注目地朝冥河渡口的方向前進。

冥河——這是她所面臨的最後一道關卡。

只要她能順利渡過冥河，她就一定能找到離開冥界的路，返回陽光普照、繁花盛開的人間。

冥河的擺渡人卡倫，幽幽地將船靠岸，送來更多亡靈踏上日光蘭之境。

待船空了之後，珀瑟芬走上前去。

「請載我過河。」

卡倫略略地抬起頭。

珀瑟芬倒抽一口氣，在那襲鼠灰色斗篷下，卡倫竟然沒有臉！

「妳是誰？」卡倫的聲音，氣若游絲。

「我不是亡靈。」珀瑟芬迅速地鎮定下來，「我的母親是農耕女神狄蜜特，我要回家。」

「沒有冥王神諭，不能渡河。」

珀瑟芬有些著急，她一直站在渡口一定很顯眼，若是被守衛發現，她豈不功虧一簣？

「我有渡資！」她迅速解下自己的純金臂環，遞了過去。

卡倫看了看，空無一物的帽兜左右輕晃。

「沒有冥王神諭，不能渡河。」

「求求你，我非離開這裡不可！」珀瑟芬急得快要流淚，「我不是自願來到這裡的，只要我能回到人間，我一定會重重答謝你——」

這時，珀瑟芬的背後，忽然多了幾絲寒氣，她驚恐地回頭，發現身後站了四名剛死的亡靈，他們個個壯碩高大，只是有的缺隻眼，有的胸前多個大窟窿……由他們的形貌看來，她猜測他們生前都是戰士。

「送我們回去。」

「我不想死。」

「我不能死，我還有妻兒。」

「我必須回去，守護我的國家。」

卡倫的回答仍是那一句：「沒有冥王神諭，不能渡河。」

忽然間，一名亡靈強行上船，奪過船槳將卡倫擊入水中。

這突來的騷動立刻引來守衛。

「有人奪船！」

守衛一喊，日光蘭之境頓時陷入大亂。

幾乎所有的亡靈皆奔向渡口，企圖還陽，守衛開始抓人。

珀瑟芬驚呆了，她沒有想到會引發這陣騷動。

四名亡靈戰士都上船了，其中一人問她：「妳上不上船？」

珀瑟芬立刻點頭，將手遞給他，登上渡船。

「快划！」另一人大吼著。

但船不過駛了幾步遠，隨後追上來的亡靈，一個個從渡口跳進船中，整艘船不停上下震動著。

「快划啊！如果所有人都上船，船就動不了了！」

「哇啊啊～～」有的亡靈從船上被擠落，掉入冥河中，發出淒厲的慘叫。對這些亡靈而言，冥河之水猶如鹽酸般燒灼著他們，帶來可怕的疼痛。

儘管要冒著被冥河之水侵蝕的危險，仍是有一波又一波的亡靈企圖上船。

船很快就載滿了，但還是有人拚命往船裡跳，船裡的人為爭一席之地，開始格鬥起來，打輸的，就被扔進冥河。

「天啊……」珀瑟芬的耳邊不斷灌進慘叫，那痛苦的哀號宛如煉獄。

儘管珀瑟芬拚命往船首縮，但還是被人抓住。

「下去吧！」

一記狠推，珀瑟芬一頭栽入冥河中。

她吃了好幾口水，但因為她並非亡靈，所以不受冥河侵蝕。

「她不是亡靈！」

「拿她來做浮板！」

在冥河中痛苦掙扎的亡靈朝她游來，抓住她的肩往水裡壓，死命要往她身上踩。

珀瑟芬拚命掙扎著，想要甩脫那些亡靈，卻一再被壓入水中，無法呼吸。她忽然意識到，她可能會死在這裡！

當她的神志昏濛，幾乎要暈過去時，驀地她身子一輕，有人將她從水裡拉出。

「珀瑟芬，醒來！」

是誰？誰在她耳邊大吼？

她努力睜開眼，映入眼簾的，是一張失去冷靜的臉。

是他，偏偏是他。

一陣天翻地覆的嗆咳後，她無力地吐出他的名字。

「黑帝斯……」

「妳給我好好醒著，不准暈過去！」

他大聲的命令完，一把將她扛上肩，手執玄黑劍身的冥王劍，在一片動盪的日光蘭之境劈出一條路。

在半昏半醒間，不知經過多久，吶喊鼓譟的聲音逐漸遠去。

黑帝斯將她抱入冥府大廳中，當他一放她下地，他立刻嘔出一口鮮血。

「黑帝斯！」直到此刻，她才發現他身上血跡斑斑。

他臉色慘白地晃了一晃，拿樁不穩，倏地單膝跪下。

「黑帝斯……」珀瑟芬連忙撐著他，而他也死命抓住她的手，緊得令她發痛。

黑帝斯緊盯著哭泣的她，眼神兇猛，一臉怒容。

「妳是我的王后……不准再從我身邊逃走！」

從齒縫中擠出這句話後，他頹然倒下。

珀瑟芬試圖離開冥界的那一日，是發生在日光蘭之境史上最大規模的亡靈暴動，為了將珀瑟芬救回，黑帝斯受了不少傷。

只有極少數的人類接受自己死亡的事實，多的是不甘心死去的，一部分的人渾渾噩噩一世，直到踏上黃泉路，才悟出自己費了九牛二虎之力緊抓不放的東西根本什麼也不值；另一部分的人則是相反，悔恨著沒能抓牢某些東西以至於死後帶著遺憾——而他們共通的念頭就是想折回陽間再活一遍。

當那些亡靈發現卡倫的渡船是唯一的希望，對於阻礙他們的人立刻使出最激烈的手段。

日光蘭之境的守衛鎮壓不了數量龐大的亡靈，甚至連武器都被奪去，當黑帝斯出現之時，那些無法佔到船位的亡靈，將怨怒轉向黑帝斯，將他視為替代攻擊的目標。

抱著珀瑟芬的黑帝斯，在冥河裡隻手把船給掀了，又召喚了龍牙武士，才平定了日光蘭之境的暴動。

而這一切，都是珀瑟芬事後才知道的。

黑帝斯在暴動中被砍了好幾刀，疼痛使他暴躁了好幾天，吼得整個冥府皆為之震動，天花板的灰塵也落下不少，無辜的僕人們更是整日戰戰兢兢，躡著腳尖度日。

她沒有再試圖逃走。

是因為歉疚或是其他，她不敢深想。

總之，她是在冥府裡待下來了。當僕人們稱她為「冥后」時，她所能做的也只是輕嘆一口氣。

第二次出現想走的念頭，是在無意間撞見了宙斯的造訪。

「狄蜜特來問我要人，黑帝斯，你必須把女兒還給她。」

「休想！」

「該死的，她為了找回女兒，已經不管她的職責，大地終年被雪覆蓋，再這樣下去會出大亂子！」

「她已是我的妻子，我不會將她還給任何人！」

談判破裂，宙斯怒極而去。

珀瑟芬咬住下唇，哭了。

原來，母親還在尋找她，從未放棄，而她卻……

從那一日開始，珀瑟芬不再進食。

「放我走，求求你放我走！」她哀求黑帝斯。

「不可能！」他暴怒回應。

於是兩人陷入長期的冷戰。

對待黑帝斯，珀瑟芬開始變得尖銳而苛刻。

「我已經是你的禁臠，你已經得到你要的了，還有什麼不滿意嗎？」

「你掠奪了我，為什麼我還必須給你我的心甘情願？」

一次又一次的爭吵，讓黑帝斯終於疲憊。

某一日，女僕送上一顆石榴。

「王后，陛下交代，吃完石榴後，您就可以回去與狄蜜特女神團聚了。」

珀瑟芬一愣。

他終於……放手了。

她望著銀盤上剖成兩半的石榴，那鮮紅的籽實，如同一顆顆的血淚——那不知是誰的血淚？

她吃了其中的一半。

奧林帕斯來的信使，在日光蘭之境等候她，與她一起渡過冥河，穿過開滿彼岸

花的妖異平原，當她終於再度見到陽光，她明白，她已離開幽冥。

「珀瑟芬……」狄蜜特就站在陽光下，她嘴上帶著笑，卻滿臉是淚。

為了她，她受盡了思念之苦，看上去消瘦而憔悴。

「母親！」她呼喊著，奔過去，投入母親的懷裡。

再睜開眼睛，恬恩淚濕兩腮。

「孩子？」狄蜜特俯近她，那是一張寫滿擔憂的臉龐。

「母親。」她低喚。

「妳……想起來了？」

「我想起來了，什麼都想起來了。」

她是誰，為什麼而來，為什麼離開，為了什麼傷心……所有的記憶都回歸了，如同昨日般鮮明。

還有黑帝斯。

她也憶起了與他有關的一切。

恬恩坐起身，望住身旁的花房；花房裡，藍月玫瑰輕輕搖曳。

原來，藍月玫瑰真是她親手所植，來自她的眼淚，難怪在人間無法培育出來。

不過，無論是在冥府，或是在人間，黑帝斯都帶在身邊，盡心照看……

「我選擇了轉世，他竟也來到人間了。」

只是，她是真正的凡胎，而他卻是幻化為人身。

提起黑帝斯，狄蜜特眉目間清冷了許多。

「他只是不甘心，不甘心讓我擁有妳半年。」她扯唇一笑，「雖然妳是冥后，但妳從未起誓要與他在一起，他以為來到人間尋妳，在婚禮上取得妳的誓言，我就會甘心退讓。夢非斯欠我一個人情，我要他透過夢境，將妳帶回我身邊，這是我唯一的心願，但他卻追入夢境裡破壞一切……那個執拗的男人！」

恬恩澀然一笑，轉頭望向母親。

「放心吧！既然我已憶起一切，我和黑帝斯不會有婚禮了。」

第九章　于歸

「去找！人就在莊園裡面，不可能不見！」

暴怒的吼聲，迴蕩在肅穆的莊園裡。

「但是……四處都找遍了，連花房也去了好幾次，真的沒看見恬恩小姐——」

僕人緊張的聲音，被一記暴響打斷。

「再去找！就算把整個莊園翻過來，也要將恬恩找出來！」

黑爝殺氣騰騰的咆哮，幾乎震垮屋頂，僕人們全都擠成一團，縮著頭瑟瑟發抖。

「汪！」杵在他腳邊的小黑，看見走進門來的纖影，立刻快樂地奔過去。

容。

所有人聞聲望去，當他們發現來者是誰，都鬆了一口氣，臉上露出得救的笑

「恬恩小姐回來了！」

黑爝轉身，看見被那隻笨狗迎入大廳裡的身影，他鬆了一口氣。

「妳到哪去了？我擔心死了！」他大步上前，急著審視她的周身，確定她毫髮無傷，然後又轉向一旁呆傻的僕人們，「還站在那裡做什麼？去準備開飯！」

小黑在恬恩身邊興奮地亂竄，猛搖著尾巴，一下咬她的裙襬，一下從黑爝與恬恩中間穿過，搞得黑爝火氣不打一處來。

「你這隻笨狗！」真想把牠丟出去。

恬恩拍了拍牠的大頭，「到旁邊去玩，賽勃勒斯。」

剎那間，黑爝的血液凍結。

他震驚的眼眸對上恬恩的視線。

「妳……」

她微微一笑，卻不是恬恩的笑，而是珀瑟芬的笑。

「我什麼都想起來了，黑帝斯。」

這句話，令他的心臟猶如沉入冰窖裡。

他知道這一天終究會來臨，卻沒想到來得這般令人措手不及。

彷彿被什麼給掐住，黑帝斯的喉頭泛著苦澀。

「什麼時候知道的？」

珀瑟芬沉默了下，「今天下午，我見到我母親了。」

他先是一怔，然後苦笑。

「原來如此。」

這麼說，恬恩已經從狄蜜特那裡得知了一切。

狄蜜特不屑他，厭惡他，所以她絕不會涉足幽冥，但這一次，她卻破了例——

他沒有想到，自己千防萬防，卻忘了對狄蜜特設防。

他怎麼會忘了，她是世上最痛恨他的人？因為他奪走了她的愛女，讓她們母女陰陽兩隔，為此，她永遠不會原諒他。

在空曠的大廳裡，恬恩如同初次前來一樣，逡巡眼前的一切。

「這莊園，是仿造冥府而建的吧？」這裡的布局，與冥府完全相同。

黑帝斯揚了揚唇，給了她一個出乎意料的答案。

「不是建的，這莊園就是冥府，妳所踩的這塊土地，仍是幽冥。」

只是，在他所設的結界裡，她看不見亡靈。

她驚訝地望住黑帝斯。

「那……為什麼會有日月星辰？」

「那只是虛像。」他淡然回答。

原來，這一切都是他精心布置的舞台。

「何必這麼大費周章？」

他扯了下唇角，看起來像是笑，卻帶著自嘲。

「難道妳不明白我所做的一切是為了什麼？」

「我明白，我當然明白，」珀瑟芬轉頭望住他，目光清冷，「你所做的一切，都是為了取得我的誓言。你要我在神的面前發誓，心甘情願的嫁予你為妻……」

她冷漠的目光，像是一把無形的利刃，直直地插入他的心臟。

黑帝斯深吸一口氣，咬牙忍住那心坎上的痛。

「妳真的覺得，那就是我所圖謀的？」他反問她。

「難道不是嗎？」

「不是，那並不是我真正的目的。」

「你費心搭出的布景與舞台，不就是為了要我在神的面前發誓，答應嫁給你為

妻嗎？」

面對她近乎尖銳的質問，黑帝斯只是沉默——一種蕭索的沉默。

「珀瑟芬……直到現在，妳仍然如此恨我嗎？」

她應是恨他的！但不知為什麼，面對著他，珀瑟芬卻說不出口。

「你期望我回答什麼？」

「珀瑟芬……」他上前一步，伸手輕觸她的臉龐，帶著痛楚的眼眸深深凝視著她，「我不是有意傷害妳的，或許我做錯了，但我所做的一切……只是為了愛妳。」

珀瑟芬卻猛地退開，不讓他碰她。

「你剝奪一個人的意願，並且加以掠奪，那能稱之為愛嗎？」她搖搖頭，「不，那不是愛，那只是自私！」

黑帝斯臉色一白。

他從沒愛過，也不曾被愛過。

對於想要的東西，他唯一知道的方式，就只有掠奪。

「你知不知道，因為你的緣故，我的母親像遊魂一樣走遍世界，就只為了尋我……你怎麼忍心這樣奪人所愛？」

黑帝斯啞口無言。

不能否認，從他有生以來，他從未在意過別人。

他只知道，他想要她，想要得近乎瘋狂，於是他便出手掠奪。

過去他從不覺得這有什麼錯，他只是不想要一個人永生永世的活著，做個寂寞的神祇。

「有些事情，一旦發生了，就無法回頭。我省悟得太晚，或許我的方式錯了，難道這個錯誤永遠都不能被原諒嗎？」

珀瑟芬抬頭望住他，那雙眼眸裡盛滿了痛楚。

「黑帝斯，如果我原諒你，我該如何面對我的母親？她所受的苦，又有誰來還她一個公道？」

黑帝斯痛苦地閉了閉眸。

「我對妳的感情，難道沒有任何意義嗎？」

他的話，幾乎擊潰了所有的武裝防禦，令她心酸落淚。

忽然間，她憶起了他們相處的點點滴滴，從遠古，到近日……

為了救回幾乎在冥河裡溺死的她，他是如何力抗亡靈。

當她被夢非斯帶走時，他幾乎是賭上性命般的衝入夢境裡。

當她作惡夢時，他耐心地陪著她，哄著她。

以及，那些激情纏綿的夜晚……

不，她不能想，也不該想！

「珀瑟芬，我知道我傷害了妳，也傷害了妳的母親，這是我犯的錯，我全都承認……但我有心要彌補，我希望妳能給我一個機會，讓我彌補我曾犯下的過錯。」

得知她為了躲避他而轉世，他痛醉好幾日。

他心疼她必須捨棄無病無痛的本相，去屈就那身脆弱的皮囊，經歷生老病死的折磨。

他本也想追隨她轉世，卻被波賽頓拉住，用吼的將道理吼進他腦中，要他記得自己是什麼身分，該盡什麼本分。

於是，他退讓了一步，幻化成人，保留三分神力，以及所有的記憶。

從她出生開始，他便守護著她。

他知道她所有的一切，包括她的家庭與喜好，甚至是大學時那段來不及萌芽的暗戀。

在狄蜜特有意的阻撓下，他甚至無法踏上凡間的土地，他想見她，唯有想方設法，從別的地方下手——讓王大常在他的鑽石谷賭場輸光了身家，由他親自帶著恬

恩前來。

他知道她一定會來，為了藍月玫瑰，那株由她的眼淚凝聚而成的精魄，將牽引她來到他的面前。

黑帝斯握起她的手，放到唇邊印下一吻，然後放在自己的胸口。

「我曾以為愛是佔有，但是我錯了。這段日子與妳在一起，我才明白愛情勉強不來，是妳教會了我，愛是心甘情願的給予，不求任何形式的回報。」

「別說了，黑帝斯……」淚珠在珀瑟芬的睫毛上搖搖欲墜。

黑帝斯托起她的臉，將一綹散落的髮絲勾回她的耳邊，那姿態是那麼憐惜，那麼輕柔，彷彿她是一個輕輕一碰就會受傷的水晶娃娃。

「我無法讓那個錯誤不存在，甚至不敢祈求妳的原諒，但是……我只希望妳給我們一次機會，這一次將會很不同。」

「我叫你別說了……」

「妳知道我從不求人，但我求妳，不要否定我們之間的一切，看在愛情的份上，至少給我們彼此一個機會……」

「不！」她用力抽回手，背過身，掩面而泣。

他驀地由背後抱住她，緊得讓她快要無法呼吸，粗糙的下顎緊貼在她淚濕的頰

畔，像是守財奴抱著最心愛的珍寶。

「我愛妳，珀瑟芬，沒有妳的冥界我待不下去，沒有了妳，無盡的生命對我而言只是無盡的絕望……」他的聲音震顫，在此時此刻，尊嚴對他已沒有任何意義，「還有，妳說錯了一件事，其實我根本不在乎什麼誓言，我只要妳願意留在我身邊和我在一起，那是我唯一的願望……」

背對著黑帝斯，她幾乎哭得力竭，但仍死命的咬住下唇，不許自己哭出聲音。

當她終於止住淚水，她用力地掙開他的擁抱。

「我該走了，我的母親在等我。」

在這一刻，那深沉的絕望，甚至讓他掉不出眼淚。

看著她決絕的背影，他感覺自己像是被抽空了。

「天哪，珀瑟芬……」他的聲音破碎。

「保重。」

珀瑟芬離開了。

她連一次，也不曾回頭。

恬恩回家了。

兩個星期前，兩眼紅腫，一臉憔悴的恬恩返回台灣，迎接她的，是家人們的驚呼與擁抱。

「恬恩！妳怎麼突然回來了？」姑媽見到她回來，立刻給了她一個大大的擁抱。

「恬恩，黑爝他真的讓妳回來看我們啊？沒想到他人還滿不錯的啊！呵呵～」王大常也高興得不知所措。

「我們才正要開始打包行李，準備過兩天飛去看妳。」大姊琦恩笑道。

「妳是回來看我們的吧？沒想到妳會決定和藍月玫瑰的主人結婚，好像童話故事哦！」二姊欣恩一臉夢幻地說。

面對家人們熱切的歡迎，她再度紅了眼眶。

「對不起……沒有婚禮了！」

就這樣，家人們不曾再提起結婚的話題。

恬恩如往昔一般照顧著玫瑰園，遵循著大自然的規律，日出而作，日落而息。

離開了黑帝斯，她的心底像是被什麼給挖走了一塊，久了，那裡便開始莫名地疼痛。

但在這小鎮平靜得近乎單調的生活中，痛苦似乎漸漸的變得可以承受，也許再過久一點，這痛也會被時間療癒，並逐漸地淡忘。

然後，某一天，玫瑰園裡來了一位不速之客。

「哇，這裡可真難找啊！」

聽見熟悉的聲音，在溫室裡噴灑辣椒水的恬恩倒抽一口氣，轉頭一看——那個金髮碧眼，渾身肌膚晒成了古銅金，連笑容都閃閃發亮的傢伙，不是阿波羅是誰？

看見他俊朗的神情，恬恩便不爭氣地想起另一張總是欠缺表情的面容。

不！別想了！搖搖頭，她努力搖去那個不該想起的身影。

「保羅……不，阿波羅，你怎麼會來這裡？」

聽見她喚了他的本名，阿波羅顯得很開心。

「來看妳啊！當我知道妳見過狄蜜特女神後，我以為妳會回歸本相，沒想到妳竟然還死守著這具人類的軀殼。」

他的話使恬恩笑了。

「我怎麼能丟下我現世的家人呢？這樣他們會傷心的。」

「妳母親難道沒有意見嗎？」狄蜜特女神對女兒的獨佔慾，可是很驚人的啊！

恬恩微笑著搖頭，「她可以理解我的難處。」

他舉目四望，看著玫瑰盛開的花園，笑道：「沒想到轉生的妳，仍然選擇了務農的家庭啊。」

「我喜歡親近植物，」她垂眸，望著面前嬌豔欲滴的紅玫瑰，「它們不會傷人。」

「珀瑟芬……」

「你還是叫我恬恩吧，畢竟我還未脫去凡身。」

「說得也是。」阿波羅笑著伸臂給她，「來吧，農家女恬恩，帶我逛逛妳家的玫瑰園！」

恬恩暫時放下工作，脫掉工作服，領著阿波羅在玫瑰園中散步，一路無語。

「你究竟為什麼而來？」恬恩終於忍不住問了。

「我來這裡，一定要有什麼目的才行嗎？」他一派輕鬆地回答。

恬恩似笑非笑地看著他。

「嗯……真理之神無法說謊，所以就用反問代替回答嗎？」

阿波羅不由哈哈大笑。自從恬恩得知自己的身分後，果然比較不好唬弄啊！

兩人走著走著，不覺走出玫瑰園，來到小溪邊。

他們席地而坐，阿波羅順手拔了根野草，放到唇邊咀嚼。

「我到這裡來，其實就只是想來看看妳，順便告訴妳，我和妳是一國的，如果妳想見黑帝斯，只要喊我一下，我就會現身幫助妳。至於呼喚我的咒語嘛……」他摩挲著下巴想了想，「有了！妳在尚未日出前到阿里山上，朝著東方呼喊：萬能的天神，請賜給我神奇的力量！阿波羅現身～～」

面對他戲劇化的動作，恬恩只用一雙帶著驚詫大眼直勾勾地看著他。

「為什麼？」她好奇地問。

啊勒，搞笑居然沒人捧場，看來他不是走諧星的料。他尷尬地低咳兩聲，迅速恢復正常。

「我受了黛芙妮所託，當她知道妳要轉世的時候，她對我提出一個要求──以妳的個人意志為前提，保護妳。」阿波羅解釋道：「如果妳的意願是留在黑帝斯身邊，我會守護妳；如果妳的意願是離開他，我也會守護妳。這就是我和黛芙妮之間的約定。」

黛芙妮……

隱隱約約，腦海彷彿掠過一個模糊的身影，有著如同牝鹿一般靈巧的身形，一雙蘊含著靈氣與生命力的湖綠色眼睛……

恍惚間，恬恩憶起她們之間相似的命運。

當年，初次陷入愛河的阿波羅，是如何用樂曲與詩歌讚美著黛芙妮，癡心地追逐著她，無論她在何處，他必緊追不捨……最後，被追得無處可逃的她乞求父親河神，將她變為一株月桂樹。

黛芙妮是他珍貴的初戀，阿波羅為此痛心疾首，近乎崩潰——愛之適足以害之，他只是愛她，沒想到卻是害了她！

「黛芙妮了解妳的感受，正如同我能理解黑帝斯，我們都是犯了錯的男人，錯在那股佔有的執著。」他的笑意中，隱約有股淒涼，「只是我的錯，終其一生是無法彌補了，就算我將月桂葉編成桂冠，用無數的詩歌去榮耀她，也取得了她的原諒，但我終究無法讓時間從頭來過，讓我的傷害變成不存在。」

天知道他有多麼羨慕黑帝斯！黑帝斯至少還有個贖罪的機會，但他卻連一點機會也沒有。沒有人知道他有多麼痛悔，就算要他日日被大鷹啄取肝臟，以換回黛芙妮恢復原本的面貌，他也甘願啊！

「恬恩，妳知道嗎？世上最可怕的事，並不是犯錯，而是犯了錯後不思悔過，還繼續犯錯，然後做出一些連自己都不知道該覺得可恥的事。黑帝斯已經得到懲罰了，他知道他從未曾給妳選擇的機會便掠奪了妳，所以當妳選擇轉生之後，他也來到人間，他不曾動用任何神力使妳愛上他，而是用他真實的感情面對妳——這就是

他所贖罪的方式，他的心意，難道妳還不明白嗎？」

阿波羅憐惜地望著恬恩，看見她眼底浮現了淚水。

「在愛情上，黑帝斯不是一個很有慧根的男人，他不知道要怎樣去愛一個人，因為從沒愛過，所以用錯了方式。他曾剝奪妳的選擇，所以他還妳一個重新選擇的機會，是他所能想彌補妳最好的方式——若不是因為妳太過重要，他何必放著威風八面的天神不做，忍氣吞聲的把自己硬塞進人類的軀殼裡，只為了留在妳身邊？」

恬恩再也無法忍抑，眼淚滾滾而下。

「恬恩，能不能回答我一個問題？」阿波羅托起她淚流不止的臉龐，專注地凝視著她：「妳真的無法原諒他嗎？」

曾經，黑帝斯也這麼問過她——

「如果……有一個東西，妳非常渴望，渴望到無法沒有它而活，所以妳用了傷害別人的方式得到它……妳覺得這是可以被原諒的嗎？」

「我不知道……」她哽聲道。

這個問題，對她而言是那麼困難，每每思及，都撕心裂肺。

「不，妳一定知道，」他輕柔但犀利地反駁她，「答案就在妳的心底，只是妳願不願去面對而已。」

恬恩的手，悄悄的覆在自己的襟口。

是嗎？她的心裡已有了答案？

她苦惱的模樣，令阿波羅有些不忍，但他並不願催促她。

「不急，妳需要時間好好想一想。」他丟開嘴邊的野草起身，「我走了，改天再來看妳。」

一抹柔和的金光將阿波羅籠住，使他俊美的臉孔，變得有些朦朧。

這時，他忽然微微一笑，對著她吟頌起一首詩——

「正如愛給你加冠，他也將你釘在十字架上。

愛採集你好比一捆穀子，

愛鞭笞你以使你裸露，

愛篩分你以使你自皮莢中解脫，

愛磨光你以使你潔白，

愛搓揉你直到你柔韌；

然後愛置你於聖火中炙烤，使你能變成聖餐中的聖餅。

如果你只想尋求愛的平安和愉悅，

那麼不如遮掩著你的裸體，離開愛的打穀場，進入那無季節的世界，

在那兒你將歡笑，但非全心的笑，你將哭泣，卻非盡情的哭。」

當他唸誦之時，光暈也越來越強，恬恩不得不以手遮掩，當詩唸完，她放下手，阿波羅已經消失。

阿波羅走後，恬恩變得更加沉默。

自從她返回台灣後，王家的人都關心著恬恩，儘管他們沒有過問，但他們擔憂的表情是那麼顯而易見。

「我很好，真的，我只是需要一點時間。」恬恩這麼對家人們說。

夜晚，當全家都入睡後，恬恩躺在床上難以入眠。過去一個月與黑帝斯相處的點點滴滴，總會一幕幕在腦中重演，直到她倦極入睡。

有時她會聽見他呼喚她的聲音，甚至是感受到逼真的氣息與溫度，但是當她驚醒，才發現自己仍是一個人，然後無眠到天明。

很快的，一個星期過後，恬恩變得消瘦許多。

大姊琦恩看不下去，她拿走她手上的鏟子。

「這裡讓我來，妳去後面的樹林散散心吧！」

恬恩只好脫下工作服，離開玫瑰園。

她無意識的走著，直到她發現一處長滿荊棘的樹叢——這不是那時她救了賽勒斯的地方嗎？

忽然，恬恩聽見一縷細細的哭聲，循聲找去，她看見一個哭得臉頰紅通通的小男孩。

「小朋友，你怎麼在這裡呢？你受傷了嗎？」她審視他的手腳，他似乎沒有受傷。

他吸吸鼻子，搖搖頭。

「你家在哪裡，我送你回家好不好？」

他又搖了搖頭，然後拿起一本書湊到她面前。

「唸故事給我聽。」

「你要我唸故事給你聽？可是……我們先去找你的爸爸媽媽好不好？找不到你，他們會很擔心的……」

「我要聽故事。」小男孩拿著書，非常堅持的模樣。

「好吧！」那就唸完故事後，再帶他去警察局好了。

她打開他的童話書，開始唸故事。

「從前從前，有一個商人在森林裡迷了路，但是他發現森林裡有一座城堡，他進到城堡裡，發現桌子上擺滿了好吃的食物，他吃了食物，又在準備好的房間裡睡了好覺，隔天一早他要離開時，他發現城堡周圍開滿了玫瑰，他想起小女兒最喜歡玫瑰，所以就摘了一朵，這時候，他的眼前忽然出現了一隻可怕的野獸。野獸同意放走商人，條件是商人要把女兒送進城堡裡……」

恬恩忽然停了下來。

「然後呢？」

小男孩催促著，望著他期待的眼神，恬恩只好繼續往下唸。

「最小的女兒貝兒知道後，表示願意到野獸的城堡裡去。野獸對貝兒很好，讓她豐衣足食，也和她分享見聞。每天晚上，野獸都會向貝兒求婚，但貝兒總是拒絕了，而每次拒絕野獸後，貝兒就會夢見一位英俊的王子，問她為什麼總是拒絕他的求婚……」

「野獸好可憐喲！」小男孩望著她，滿臉同情，「為什麼貝兒不肯嫁給野獸呢？她是不是覺得野獸很可怕？」

「不是的。」

「她不喜歡野獸嗎？」

「不是的……」

小男孩的臉皺了起來，看起來像是要哭了。

「那為什麼他們不能在一起呢？」

「野獸他……」恬恩覺得自己的喉嚨像是被什麼梗住了，笑容破碎，「曾經做了對不起貝兒的事情。」

「因為這樣，所以貝兒不肯原諒他嗎？」他看起來很哀傷，「如果野獸跟貝兒說『對不起』的話，貝兒願意原諒他嗎？」

「恬恩，妳真的無法原諒黑帝斯嗎？」

「如果……有一個東西，妳非常渴望，渴望到無法沒有它而活，所以妳用了傷害別人的方式得到它……妳覺得這是可以被原諒的嗎？」

恬恩閉上眼睛，她以為自己又將再度陷入痛苦與迷惘中，但這一次，她的心底緩緩浮現了答案，那麼清晰，那麼明澈——

「貝兒愛著野獸，所以，她會原諒他的。」

當她說完後，她全身上下的每一個細胞，都回應著她心裡的答案。

回去吧，回到黑帝斯的身邊！

她必須去找他，在擁抱與淚水中和解，然後握著他的手，一起共度未來的人

生。

恬恩跳了起來，立刻往回程的路跑去，但跑了幾步，她想起那個被她丟在原地的小男孩。

「小朋友……」

她回首望向原處，但那裡已空無一人。

那句咒語是怎麼唸的？

是「神奇的天神，請賜給我萬能的力量」，還是「萬能的天神，請賜給我神奇的力量」？恬恩裹著披巾，站在冷颼颼暗濛濛的阿里山上，拚命回想阿波羅說的那句咒語，卻始終不太確定。

她必須快，上山來看日出的遊客越來越多，她不確定阿波羅會不會當著遊客的面現身。

不管了！乾脆兩種都唸一遍，總會有一個靈的。

她找了一個離人群最遠的地方，面向遼闊的雲際，恬恩雙手交握在鼻子前端，豁出去般的大聲唸著：「神奇的天神，請賜給我萬能的力量！阿波羅現身～～」

「恬恩，妳唸反囉。」

再度聽見那熟悉的、漫不經心的嗓音，恬恩從沒這麼高興過。睜開眼，她所召喚的天神果然就在面前。

「阿波羅！」成功了！她成功了！

「嗨！」阿波羅笑咪咪地看著她，「妳終於召喚了我，我還以為我等不到了。」

「黑帝斯他現在在哪裡？」

「在冥界。」阿波羅溫和地望著恬恩，「妳下定決心要去找他了？」

她點點頭，然後又露出猶豫的表情。

「阿波羅，如果我要去冥界，我是不是先要……自殺？」

「天哪！不用！」阿波羅被她嚇了一大跳，「妳雖是凡身，卻也是黑帝斯親口所封的冥后，冥后要回家不需要讓自己變成亡靈。」

「但我不知道該怎麼做……」

「放心，去冥府的路不是只有一條而已。早在遠古時代，我的兒子奧菲斯為了要進地府帶回心愛的妻子，也曾經大起膽子闖入冥府喔！」

恬恩瞠大了眼睛。「難道這次也用同樣的方式嗎？」

「呵呵～～這一次倒不必那麼辛苦。」他看了看天色，揚起一抹微笑，「時間差不多了，今天的日出是五點十五分。」

阿波羅抓住她的手腕，問：「妳準備好了嗎？」

「好了！」恬恩用力點點頭。

「先把眼睛閉上，要上車囉。」阿波羅在戴上雷朋太陽眼鏡的同時，一陣柔和的金光襲來，恬恩覺得自己的足下像是失去支點，但很快的，她就感覺自己踏在什麼之上。

恬恩睜開眼，先是刺目的亮光襲來，她連忙低下頭，發現自己正站在一部U字形的戰車上，車下則是一望無際的七彩雲海。

「哇～～」她驚呼一聲，連忙閉起眼，嚇得雙腿發軟。

「哈哈，歡迎光臨我的日車。」阿波羅笑著扶住她，「站好，風大，可別摔下去了！」

「沒想到，都二十一世紀了，你還是天天駕駛日車。」恬恩連忙用薄披巾裹好自己，把自己包得像是阿拉伯女人，免得被他的金光晒脫一層皮。

「我早就將日車自動化了，今天只是為了來接妳才改成手動駕車，否則天天這麼早起誰受得了？」一面說著，一面脫下墨鏡給恬恩戴。

「謝謝。」戴上墨鏡後，恬恩總算可以稍微睜開眼睛，她往前一望，才發現拉馬車的，是兩匹白色有翼的獨角獸，散發著燦爛的金光。

「妳出來時有跟家裡人說嗎？」他問。

「有，」她微笑道，「他們支持我的決定。」

當她告訴家人，說她決定要回去找黑熾，他的家人們看見她堅決的表情，知道她已下定決心，他們沒有阻攔，只給予祝福。

「去吧！去追尋妳的真愛吧，我們支持妳！」大姊這麼對她說。

有了家人們的支持，她更有信心勇往直前。

「開明的家庭，真不錯。」阿波羅低頭望了望，「啊，我們該下車了。」

「這麼快？」他們才剛上車不是嗎？

「閉上眼，恬恩。」

恬恩連忙照做。

只聽得耳邊一陣風聲，等她再睜開眼，她發現自己已置身於黑熾的莊園中。

再度回到莊園，恬恩心裡湧起無限的回憶。

「這裡找得到黑帝斯嗎？」

她發現，這裡似乎像座空城，噴水池的水乾涸了，連壯觀的花園都成了荒煙蔓

草。

「他在這裡，只是他在結界裡，妳看不到他。不過別擔心，這座莊園設有一個出入口，可以穿越結界。」

「真的？我都不知道有這麼個地方……」

阿波羅搖搖手指，「妳知道的，就是那扇不准任何人打開的門啊！」

恬恩想了想，「你是說……冥王星廳？」

「賓果！」

阿波羅帶著恬恩走入城堡，來到冥王星廳外。

「這個入口，古時候稱它做奧菲斯之門，也就是很久以前被我兒子以琴音打開的那個冥界入口。」

恬恩無助地看著他，「但是……我不會彈琴。」

阿波羅溫和地望著她，笑道：「妳不需要彈琴，妳是冥后，只要妳想回家，這一扇門就永遠為妳而開。」

是這樣嗎？恬恩看看那扇沒有門把的沉重大門，有些無措。

「把手放在門上，推看看。」阿波羅建議。

「不行……」她推了推，沉重的門紋風不動。

「再試一次，集中精神。」

恬恩將手貼在門上，閉上眼睛。

冥界之門，開啟吧！我是……珀瑟芬！

當她再度睜開眼，恬恩發現，自己已經置身於幽暗之中。

這虛無的氣息，這陰冷的空氣……不需要更多證據，她已明白——

她進來了，她抵達了冥界。

在幽暗的黃泉之路上，開滿了接引之花——彼岸花。

彼岸花，花開開彼岸，花開時無葉，有葉時無花，花葉兩不相見，生生相錯，如同生與死，再無關連。

鮮紅色的花朵，遠遠看上去就像是血所鋪成的地毯，又被稱作「火照之路」，這段路也是黃泉路上唯一的風景與色彩，亡靈就踏著這花的指引，步向幽冥。

走至盡頭，是一個渡口，冥河擺渡人卡倫正在那裡等待接引亡靈。

看見恬恩，卡倫難得的主動開口。

「妳不是亡靈。」

「對，但我必須見黑帝斯……」

「請上船。」

沒遇到任何刁難，恬恩上了船，卡倫便搖起了槳，緩緩將船駛離渡口。

浩渺的冥河，淵遠流長的冥河。

幾千幾萬年來，沉澱在漆黑河底的，是懸念、慾望、夢想與未酬的壯志，人的一生，所有未完成的願望，都在這裡被淘盡，再不復還。

船再度停了下來，恬恩下了船，步上日光蘭之境。

自從恬恩上回在日光蘭之境引起暴動，這裡已增派三倍的守衛，當她一踏上日光蘭之境，她那非屬於亡靈的氣味，立刻引來了注目。

「站住，妳不是亡靈。」

一把雪亮的劍無情地指住她，恬恩害怕地縮起肩膀。

「退下！」一個首領模樣的人擋開了那把劍。「她是王后，不得無禮！」

在士兵詫異的表情中，她對那個認出他的人點點頭。

「謝謝。」

「請容我護衛您至冥府門口。」

在日光蘭禁軍首領的護衛下，恬恩安然通過日光蘭之境，來到由地獄犬把守的冥府大門。

「賽勃勒斯！」

「汪！」

填滿大門的巨型地獄犬一看見恬恩，竟然發出不威風的狗叫聲，同時高興得猛搖尾巴，用著如同絨毯般的大舌頭熱情地歡迎她。

「我要見黑帝斯，所以我回來了。」她拍著他的大鼻子說道。

賽勃勒斯聽懂了她的話，張開他的大腳，讓她毫無困難地通過。

恬恩通過冥府大門，大廳裡的僕人早已排成兩列。

「歡迎王后回府！」他們異口同聲地說道。

這大廳，與莊園的大廳一模一樣。

「我要見黑帝斯。」

「王此刻在火星廳。」一個聲音響起，恬恩仔細一看，發現她就是梅蒂。

恬恩感激地向她點點頭，「我去找他。」

壁爐裡的火漸漸熄滅了，華麗的火星廳慢慢地暗了下來，顯得陰森如陵墓。

此刻，他穿著一身黑袍，坐在面向壁爐的大沙發上，在侵襲的寒意中，黑帝斯

彷彿毫無所覺，他打開白蘭地酒瓶，為自己倒上滿滿一杯酒。

自從恬恩離開他後，他就幾乎泡在酒精裡。

且醉且睡。

沒有了她，他的永生已經沒有任何意義，時間只是永不結束的輪迴，他再也不在乎自己是醉是睡或是清醒。

他再也見不到恬恩了，只有在夢中，或是喝得夠醉時，才能見到她的幻影。

他是個可悲的天神，他可以主宰他人的生死，卻無法讓自己因為過度飲酒中毒而死。

天啊！他詛咒永生！

詛咒每一個沒有恬恩的日子！

讓他死去吧！為什麼他的心都空了，卻還要活下去？

「黑帝斯……」

一抹輕幽的嘆息，那如夢似幻的聲音。

黑帝斯閉了閉眼，苦澀的唇角，終於有了一絲安慰的笑意。

「你怎麼喝成這樣？」

她的聲音聽起來那麼近，而她美好的氣息迴旋在鼻端。

啊，她那混合著乳香及花香的香皂的氣味，以及略帶玫瑰的芬芳……那是他記憶深處的味道，專屬於她的甜美。

「黑帝斯，我來了，睜開眼看看我吧！」

「不……」他苦澀地低語。

「黑帝斯……」

「我只要睜開眼，妳就會消失了。」他痛苦的低語。

就算是幻覺也好，他知道這一切都是自欺，可是那又怎樣？他甘之如飴。

恬恩看著他猶如負傷的獸躲在暗處，因為長期酗酒而顯得灰暗憔悴的臉孔，止不住的心疼。都是她害得他變成這樣的……

「我不會消失。」她忍淚保證著。

「我不信。」

他不信，絕不相信！幾百次的教訓早已教會他，只要他一睜開眼睛，就會再度回到絕望的深淵裡。

恬恩覺得有些鼻酸。

看著他既剛強又脆弱的側顏，她伸出手，捧住他的臉龐，然後深深地吻住了他。

起先，黑帝斯全無回應，但很快的，他發出一聲低吼，翻身壓住她，瘋狂而絕望地親吻她。

這是她的膚觸，這是她的味道，這是她的容顏……

黑帝斯抬起頭，看著被他壓倒在沙發上的纖影，強烈的呼吸使他胸腔劇烈起伏。

「恬恩？」他的聲音震顫，用力的甩頭。

可能嗎？她是真的回來了，還是酒精的戲弄？

她對他展露出一抹笑，柔荑貼住他粗糙的面頰。

「是我，我回來了。」

黑帝斯瞪著她，然後忽然間退開。

「妳為什麼而來？」

他的目光，冷漠得像是在看著陌生人，毫無感情。恬恩的心頭不由一陣刺痛。

「我……想念你，」她緩緩從沙發上起身，看著冷硬地跪立在他面前的黑帝斯，「我想回來，和你在一起。」

「妳的歸屬不在這裡，妳應該回妳母親的身邊去。」他冷冷地說。

「黑帝斯……」她痛苦地低喃。

「滾！滾回妳母親身邊！就算沒有妳，我也不會死！我已經認了，這輩子我做錯一次，就再也沒有挽回的餘地，我已經厭倦了一再地證明自己，信任、愛情……統統滾一邊去，我寧願什麼也沒有，我再也不要讓任何人隨意擺布我的心！滾，滾出去！」

黑帝斯當著她的面宣洩所有的憤怒，對她粗暴地大吼。

一切……都來不及了。

當她終於領悟自己不能沒有他時，她卻早已經失去了他。

多麼諷刺……恬恩閉上眼，淚水滾滾而下。

「對不起……」

她用破碎的聲音道歉，然後拖著彷彿老嫗般的腳步，走向火星廳的門口，她覺得自己虛弱得快要站立不住，但還是極力挺住。

從今以後，她該去哪裡呢？她該怎麼辦？她要如何回到那個不曾認識他的生活裡？

她泫然欲泣，將手搭在門把上——

下一秒，恬恩被捲入一個寬大的懷抱中。

「黑帝斯？」她幾乎不敢相信自己的眼睛。

「別走！」他緊緊地抱住她，如負傷的獸般嘶吼：「原諒我該死的傲慢，我瘋了，我居然對妳說出那麼可怕的話！原諒我，恬恩，我不能再次失去妳……」

恬恩搖頭，拚命搖頭。

「不要說抱歉，沒什麼好抱歉的……該說抱歉的是我，我省悟得這麼晚，讓你受了那麼多折磨。」她臉上帶著淚，卻仍努力揚起笑容，用力地回抱著他。「你曾經掠奪了我，但你一直試圖補救，在我轉世之後，你不曾動用神力使我愛上你，而是以你的真心，一次又一次地證明你對我的感情，但我卻這麼盲目，對你的努力視若無睹，毅然放棄了我們之間的一切……」

「當妳離開我的時候，我不知道我還能憑藉什麼活下去，」他低啞地訴說著：「我甚至詛咒永恆的生命，恨自己不能死去……而現在，妳來了，我不敢相信我終於等到妳願意愛我。」

「黑帝斯，沒有了你，我的生命也沒有任何意義。」她深深地望著他，淚珠還掛在腮邊，但她卻笑了，笑得那麼動人，「我省悟了這一點，所以我回來了，回到你身邊，和你在一起。」

黑帝斯的胸口一緊。

「歡迎回來，吾愛。」黑帝斯吻住她，恬恩仰起小臉，給予他最深情的回應。

經過漫長的等待，他終於等到了他心愛的女人。

在這黑暗的幽冥國度，他終於不再孤獨，他將會與她廝守直到永恆。

千年如一日，一日如千年。

奧林帕斯山上。

阿波羅站在月桂樹下，將手貼著樹身，額頭抵在樹幹上。

「黛芙妮，珀瑟芬回到黑帝斯身邊了。」阿波羅低語著：「我遵照妳的願望，給予她所需要的幫助，珀瑟芬是依循自己的心願回去的。」

「謝謝你。」一縷細細的嗓音，如同聲波般傳至阿波羅的心底，「農耕女神狄蜜特知道後怎麼說？」

「狄蜜特女神畢竟是珀瑟芬的母親，沒有什麼比孩子的幸福更重要的了，不過，她還是堅持珀瑟芬在春天與夏天要與她一起住，黑帝斯希望珀瑟芬快樂，所以他同意了，狄蜜特女神也退讓一步，同意讓黑帝斯隨時去見珀瑟芬。」

「那麼，王家的人呢？」

阿波羅唇角微揚，「珀瑟芬與黑帝斯仍住回莊園裡，所以王家的人以為珀瑟芬

只是嫁到國外去，直到珀瑟芬的陽壽終了。」

「是個圓滿的結局。」黛芙妮輕輕搖晃樹葉，彷彿夙願得償。

「確實如此。」

「謝謝你，阿波羅。」

「不需謝我，只要是妳的願望，我都願幫妳達成。」

阿波羅輕吻了樹身後離去。

片刻後，一個小傢伙跑到樹下，仰望著美麗的月桂樹。他有著一頭蒲公英似的金色的翹翹鬈髮，與玫瑰紅的臉頰，背上還有一對潔白的翅膀，手裡拿著可愛的小弓小箭。

「黛芙妮，為什麼妳要我去找珀瑟芬，讓她講《美女與野獸》的故事給我聽？」

一陣風兒吹得樹葉搖曳，恍如輕笑。

「我只是希望珀瑟芬能站在第三者的角度，重新審視她和黑帝斯的關係。畢竟，在愛情之中，不是只有愉悅與平和而已，也包含了痛楚與原諒。」

小男孩的頭歪了歪。

「唔，我聽不懂。」他的表情充滿困惑。

「呵，不急。」黛芙妮的聲音，湧入一絲笑意，「小邱比特，等到有一天你長大了，你自然就會懂了。」

後記

喬軒

哈囉，大家秋日好，我是喬軒。

大家喜歡奇幻文學嗎？

軒子的奇幻小說讀得不多，但奇幻漫畫倒是看了不少，前兩次嘗試加入奇幻元素的作品，距今分別為十五年前與十一年前，經過了那麼久的時間再度碰觸奇幻題材，在創作的過程中，感覺自己真像個新人啊！（OTZ）

最初有這本書的構想時，心裡實在一點把握也沒有，對於言情與奇幻的比例，也不知道該怎麼拿捏，後來還自己嚇自己，甚至覺得我這種生手還是不要隨便亂玩比較好。

但是不知道為什麼，這個故事一直在軒子的腦中誘惑我，向我招手，我終於忍不住，把故事構想給說了出來，想聽聽別人的意見如何。

「很好啊，很有趣！妳快寫！」友人安姬催促。

「妳寫啊，這種題材不是很受歡迎嗎？」教授說道。

「不錯啊，我希望妳可以嘗試看看。」編編鼓勵我。

咦？結果大家都投贊成票，搞得我一整個不懂當初在猶豫什麼……

於是我就寫了。

開工之後，挫折頻頻。

寫純言情小說時，大抵會有比較難搞定的章節，以及很容易就進行順暢的章節，但寫作這本書時——

每、一、章、都、好、難、寫！（泣）

伏筆多，細節也多，而且寫到最後一章的時候，為了將伏筆挑乾淨，字數就很自然的爆掉了……（默）

當我終於完成這本書後，一方面覺得好辛苦，一方面也覺得……滿開心的，因為我努力地將這個被我視為很難的挑戰完成了，我說完了我想說的故事，並且與我的原構想差距極小。期待看倌們會和我一樣喜歡它！

神話題材在歷史上一直被重複地引用與演繹著，至今未曾窮盡，那些冒險，隱喻，象徵與勇氣，一次次的成為人類力量的泉源。

在此，我想引用Joseph Campbell的一段話作結——

我們身處的時代，是古希臘人所稱的「諸神大變形」（metamophoses of the gods）的時代。新的神祇意象，新的創造神話，和全球化的願景正在誕生中。但它並不是誕生在「外面」，而是誕生在覺醒的人類心靈中的神話起源帶（mythogenic zone）裡。在這個起源帶裡，用來表達不變真理的那些隱喻將會獲得重構，而從那裡，我們也將獲得勇氣，然後——

「愉悅地參與世間的愁苦」。

嗯，就醬，咱們下回書中見啦！

PS1：本書第六章之歌曲，原作為德國作家歌德，因內容需要而部分改編。

PS2：本書第九章所引用的詩，原作為黎巴嫩詩人紀伯倫，因內容需要摘錄改編。

喬軒的E-Mail：tkclover@yahoo.com.tw

腹黑主子的獵物

玫瑰吻 649 R O S E K I S S

作　　者‧‧‧‧喬　軒

編　　輯‧‧‧‧李靜美

出 版 者‧‧‧‧希代多媒體書版股份有限公司

玫瑰吻

連絡地址‧‧‧‧114台北市內湖區洲子街88號3樓

網　　址‧‧‧‧longyin.com.tw

電　　話‧‧‧‧(02)27992788

電　　傳‧‧‧‧(02)27990909

劃撥帳號‧‧‧‧50007527

戶　　名‧‧‧‧希代多媒體書版股份有限公司

出版日期‧‧‧‧100年11月第1版第1刷

國際書碼‧‧‧‧978-986-304-043-9

香港總經銷‧‧‧全力圖書有限公司

地　　址‧‧‧香港新界葵涌打磚坪街58-76號

和豐工業中心1樓8室

電　　話‧‧‧(852)2421-9103 傳真 (852)2420-3936